中华
ZHONGHUA HUN

百部爱国故事丛书

生可死耳　我志长存

——献身民主的禹之谟

毛　焯　编著

吉林人民出版社

图书在版编目（CIP）数据

生可死耳 我志长存：献身民主的禹之谟／毛焯编
著 . -- 长春：吉林人民出版社，2011.3（2025.4 重印）
（中华魂·百部爱国故事丛书）
ISBN 978-7-206-07531-5

Ⅰ . ①生… Ⅱ . ①毛… Ⅲ . ①革命故事—中国—当代
Ⅳ . ① I247.8

中国版本图书馆 CIP 数据核字 (2011) 第 032591 号

生可死耳 我志长存
——献身民主的禹之谟

SHENGKE SIER　WOZHI CHANGCUN
——XIANSHEN MINZHU DE YUZHIMO

编　著：毛　焯
责任编辑：王一莉　　　　封面设计：孙浩瀚
制　作：吉林人民出版社图文设计印务中心
吉林人民出版社出版 发行（长春市人民大街7548号　邮政编码：130022）
印　刷：北京一鑫印务有限责任公司
开　本：787mm×1092mm　　1/16
印　张：8　　　　字　数：64千字
标准书号：ISBN 978-7-206-07531-5
版　次：2011年3月第1版　　印　次：2025年4月第3次印刷
定　价：35.00 元

总　序

　　《中华魂》是一套故事丛书。它汇集了我国自鸦片战争以来一百八十余年间的近百位民族英雄、仁人志士、革命领袖、先进模范人物的生动感人事迹，表现了他们作为中华儿女的伟大的爱国主义精神。

　　爱国主义是人们对于"生于斯、长于斯、衣食于斯"的祖国的一种神圣感情，是人们对于自己民族的一种强烈的责任感和使命感，是感召和激励整个中华民族的一面永不褪色的旗帜。在一百多年的中国近现代史上，爱国主义一直激励着中华儿女为祖国的独立、统一、进步和繁荣而英勇奋斗。从"苟利国家生死以，岂因祸福避趋之"的林则徐，到"我自横刀向天笑，去留肝胆两昆仑"的谭嗣同;从"铁肩担道义,妙手著文章"的李大钊,到"青春换得江山壮,碧血染将天地红"的赵一曼;从"县委书记的好榜样"的焦裕禄,到"问鼎长天,扬我国威"的邓稼先……都表现出了强烈的爱国主义精神。正是由于热爱祖国的人们前仆后继地奋斗,国家和民族才得以生存,才能够在一次次历史危急关头转危为安,走向兴盛和富强,从而屹立于世界民族之林。爱国主义是鼓舞中华儿女历经忧患、跨越沧桑、百折不挠、自强不息的伟大力量,它贯穿于中华民族的整个历史,并有力地凝聚着五洲四海的中国人。

爱国主义是一个历史的范畴,在社会发展的不同阶段、不同时期有不同的具体内容。革命时期,需要我们为祖国的独立自主出生入死;建设时期,需要我们为祖国的繁荣富强增砖添瓦。在全国各族人民团结一心,开启全面建设社会主义现代化国家新征程的今天,我们要争做一名新时期的爱国者。新时期的爱国者要有强烈的民族自尊心、自豪感。民族自尊心、自豪感是任何时期、任何爱国者都必须具备的情感。民族自尊心能增强我们自立向上的恒心,民族自豪感能树立我们建设祖国的信心。要树立"祖国高于一切"的崇高信念,为了祖国和人民的利益不惜抛却个人的利益,甚至不惜牺牲个人的生命。我们要树立终身学习的理念,拓宽自己的知识面,广泛吸收新知识、新技术,完善自身的知识结构,更新学习知识的方法与理念,从思想上、知识上充分武装自己,为祖国的繁荣昌盛贡献力量。

爱国主义思想的继承和发扬,是关系到民族盛衰、国家兴亡的根本问题。爱国主义思想情操的形成,需要不断地培养。培养爱国主义精神的一个重要途径是向英雄人物和典范事迹学习和致敬。这套丛书的出版,对于青少年向英雄和先进人物学习,特别是对于在中小学生中进行爱国主义教育是不可多得的生动的教材。祝愿此书出版发行成功,为培养时代新人做出贡献。

胡维革

　　我能为国家为社会而死，是件好事。革命，就要有人流血断头，我愿意先死！

——禹之谟

目　录

中华魂 百部爱国故事丛书
ZHONGHUA HUN

前　言

19世纪末，帝国主义列强侵略我国，划分势力范围，强占沿海港湾重地。我神州国土，面临被瓜分的危机。侵略者的暴行，激起人民的愤怒和反抗，一场爱国主义反帝反封建的斗争，在广阔的中国大地上开始爆发！无数仁人志士奋起反抗，谱写了一首首动人的壮丽之歌。而本书的主人公禹之谟就是其中的杰出代表。

禹之谟1866年出生于湖南省双峰县青树坪镇。他少有大志、娴文习武、嫉恶如仇。20岁时禹之谟遍游江、浙诸省，广泛接触社会名流，研究西方社会政治学说，爱国忧民之心日趋强烈。1894年，中日甲午战争爆发，他愤然弃笔从戎，立志报国。不久辞职去上海研习矿学，并创办实业，走实业救国之路。1900年，禹之谟东渡日本留学，寻求救国道路。在日期间结识了孙中山、黄兴、陈天华等人。1902年回国创办织布厂。由于禹之谟精诚爱国，敢于任事，深得各界群众的拥戴。他分别被推选为湖南商会会董、湘学会会长、湖南学生自治会总干事。1906年8月10日，禹之谟被湖南巡抚庞鸿书以"哄堂塞署、图谋不轨"罪名逮捕入狱。入狱后，各界人士为他申辩营救者"日数十起"。在狱中，他受尽各种毒刑，坚持斗争。1907年2月6日，禹之谟在靖州东门外慷慨就义，年仅41岁。临刑前他高呼，"为救中国而死，为救四万万人而死，继我志者自有人！"其遗体始葬双峰青树坪，民国元年公葬于岳麓山。随后，孙中山追赠禹之谟为陆军左将军。本书试图通过讲述禹之谟先生的生平故事，还原一位并不为大多数人所熟知的英雄，让我们一同重温那段不屈的抗争与残酷的镇压共存的岁月。

"不安分"的少年

1866年8月27日，禹之谟诞生在青树坪一个亦农亦商的家庭里。

家人给这个男孩取名禹之谟，字稽亭，由于他从小就胆大顽皮，亲友都亲切地叫他"稽猛子"。禹之谟的祖父禹荣达，原本是一位蒙馆塾师，后来弃教经商，在邵阳岩口铺开了一个不大的山货店，经营些小本生意，攒了些积蓄，陆陆续续在家乡买了一些水田，将家业慢慢扩大。而他的父亲禹春辉，略识文墨，以做

私塾

生意为主要职业，田间的耕作和管理，则交给一些亲友，农忙时雇请一些短工。由于禹春辉不大操持家事，总是沉迷于赌钱、打牌、吸食鸦片。因此，当禹之谟降临到这个家庭的时候，祖父艰辛积存下来的一点老本，在他的父亲手上基本上花光了，家境日益贫寒。他的母亲刘氏，是一个善良温柔的女子，不幸于1878年10月得了急病，因信鬼神错过医治机会，35岁就离开了人世。从此，12岁的禹之谟就由姐娘抚养成人。

禹之谟出生的时候，从大的范围来说，中国正在逐步沦为半殖民地半封建社会。

自1840年鸦片战争起，帝国主义列强对中国的军事、政治、经济和文化侵略，纷至沓来；清政府腐败无能，媚外卖国，在战争中一次次失败，签订了一个

个不平等条约，黄金、白银就像流水似地淌入帝国主义的腰包。封建地主阶级与帝国主义互相勾结，残酷地镇压人民的反抗斗争，把中国逐步推向半封建半殖民地的苦难深渊。

从小范围来说，一方面那些被曾国藩招募从军的穷苦农民，因多年在外作战，有的当了清政府的炮灰，有的流落在他乡，有的则被遣散回乡，生活异常困窘；另一方面，不少人在镇压太平天国起义中升官发财，地位发生了变化。"一般县民相率由当兵出身而发迹，从提督(同治十三年统计一百八十二人)起到哨官止，武官之多，不可胜数。"后来，这个数字又有所发展，"二品以上军功的官吏、绅士将近一千家"，他们搜刮天下财富，"拥巨资归乡"，横行乡里，疯狂地兼并土地。曾国荃一人就"有百顷田"。这就不可避免地带来了严重的后果：许多农民倾家荡产，成了地主的佃户或雇工。他们虽然起早摸黑，如牛似马地劳动着，年头苦到年尾，可还是食不果腹，衣不蔽体。狠心的地主老财们，除了重租高利贷盘剥外，还经常强迫农民为他们送信、抬轿、服无偿劳役。加上封建政府的苛捐杂税等，使得当地"啼饥荡产，家破人亡"的情景，举目皆是。这样的情形，同样影响到禹之谟这个已经日渐贫寒的家庭，使他逐渐孕育着对封建地主阶级的仇恨。

曾国藩

"帝国主义和中国封建主义相结合，把中国变为半殖民地和殖民地的过程，也就是中国人民反抗帝国主义及其走狗的过程。"当太平天国战事结束后，湘乡哥老会首领曾广八于1867年5月与同党童级高、贺新惠等，率众人自宁乡潜入境内毛田起义，当即烧毁谢征岳等豪绅的房屋数十家。湖南当局受到很大的震动，立即调集邻近几县"绅团"，镇压了这次起义。1870年3月，又有哥老会首领赖荣甫约其同党张玉林、康学池等率众起义，烧毁劣绅胡晖等的房屋，贫苦农民纷纷参加，声势颇为浩大。湖南巡抚刘崐调集了大批"靖勇"和邻近各县"绅团"，才把起义镇压下去。这些起义虽然都遭到失败，但人民心目中的革命火焰是无法扑灭的。所以，禹之谟幼年时代常听到这种故事。虽然当时他不可能有深刻的体会，但给少年禹之谟提出了一系列的问题。为什么穷的这样穷，富的这样富？为什么财主、贪官为非作歹却得不到惩罚，而勤劳、善良的百姓却惨遭欺压和屠杀？面对这贫寒的家庭和黑暗的社会，反抗的种子在他的心田里开始发芽，随着年龄的增长，也就日益表现在其叛逆的行为上。

第一件事是他反对父亲吸食鸦片烟。自1834年开始，英、美侵略者勾结中国海关官吏和内地奸商大肆进行鸦片走私活动，严重地毒害了中国人的身体和精神。这时，湖南的鸦片走私活动也越来越猖獗，吸食鸦片烟的人愈来愈多，一些有钱人家甚至有的平民百姓，都相继染上吸食烟土的恶习。禹之谟的父亲就是受毒较深的一个。

鸦片吸上瘾以后，就像一天三餐饭，少了一餐也不行。它不仅影响自身的健康和后代的发育，而且给家庭经济带来严重的负担。禹之谟对于父亲整天摸着烟杆，不务正业，不理家事的行为极为不满，表示过坚决的反对，但遭到父亲的严厉斥责，说他是个不孝之子。村上一些封建礼教严重的人，也说他不应该干涉父亲的行为。他虽然没有说服父亲，而且受到家庭和社会的责怪，但并没有屈服。禹之谟一生禁烟戒酒，并教育他的儿女行正学好，不要像祖父那样再受大烟的摧残。

第二件事是禹之谟厌恶"四书五经"和作八股文。禹之谟6岁进入离家不远的一所私塾读书，后来又转学其他私塾，一直念到15岁为止。禹之谟的父亲一心想发财致富，送儿子读书唯一的目的是为了"发家"。禹之谟好学、勤思，是个很会读书的学生。然而，由于他性格倔强，敢于反抗，敢于大胆提出一些疑难问题，致使私塾的先生将他看成一个不好管教的调皮学生。

那时候，私塾的正墙壁框上竖着"大成至圣先师孔子之位"的牌子，身着长袍马褂的先生经常带领学生在牌位前作揖、磕头，表示崇敬。孩子们从早到晚，除了练习写字，就是念《三字经》《百家姓》《千字文》一类的旧书。

"人之初，性本善……"

"赵钱孙李，周吴郑王……"

"天地玄黄，宇宙洪荒……"

至于这些话是什么意思，先生却从不解释，光叫学生死记呆背。背不出来就打手心、打屁股、罚跪香(跪在板子上，直到点完一根香)。那时，先生和家长都盼望自己的学生和儿子成为有学问的弟子和忠顺的"孝子"，都相信"不打不成材"的理论。因此，封建礼教像"紧箍咒"一样，把私塾里的孩子们管得死死的。

禹之谟12岁时，进入离家较远的一家私塾里继续读书。先生教的是"四书五经"及孔孟之道的那些书。这时的禹之谟已经读了不少经书，可是，并不喜欢它们，只觉得它们佶屈聱牙、枯燥无味。他最喜爱的是史鉴及各种小说。特别爱看《东周列国志》《三国演义》《水浒》及《七侠五义》等传奇小说。在私塾先生看来，凡是传奇小说都是些"闲书"和"坏书"，不宜入目，并且时刻提防学生偷看。禹之谟却把这些书带到课堂上，当先生走近的时候，就用经书盖住，避过先生的眼睛。有时，他还爱向先生提出一些疑难的问题："为什么父亲和长辈做错了事，做儿子和下辈的不能反对呢？为什么男人死了，女的不能改嫁呢？难道只有同男人一起死去才算好人吗？"因此，先生认为他是一个不好管教的学生。

第三件事是禹之谟反对鬼神和迷信。在封建社会里，封建统治者往往把崇拜鬼神一类的迷信作为愚弄劳动人民的精神枷锁，使得那些文化知识和觉悟程度低下的平民百姓，把心中的希望寄托于鬼神偶像。

禹之谟从书中读到了一些反叛的故事，初步接触了一些科学知识，加上由于他母亲生病时家里因信鬼神，不仅没有把她的病治好，反而夺去了她的生命，因此，活生生的例子教育了他，使他对信仰鬼神产生了反感。一次，他从离家不远的一座神庙"笃亲所"取回两个一尺多长的菩萨给小伙伴玩，被邻居一个老人看见了，连说："造孽！造孽！"并指责禹之谟不应这样无礼。禹之谟并没有被吓倒，拿起菩萨就往地下摔，并说这些东西本来就是一堆烂泥巴，不能显圣显灵，我的母亲就是被它们弄死的。这种举动发生在君权神威至高无上的封建社会里，无疑是一种亵渎神灵的叛逆行为，它对禹之谟后来天不怕地不怕、坚决斗争、宁死不屈的行为，是有较大影响的。后来，他在临刑前几天写给表弟的信中说："我在死之后……不要另川（穿）衣裳，就是原衣，不要纸钱、香火。"他一贯不主张人死之后请僧道做道场。据说，禹之谟的父亲深知他这种性格，在病危时，已不能说话，但是心想要请和尚作道场3天，就紧握着禹之谟3个手指头。禹之谟了解其意，对他说："你老人家是要做3天道场吧。"其父闻之即瞑目。但禹之谟还是坚持自己的主张，没有给父亲做道场，只举行家祭。

第四件事是禹之谟认为"财猪（主）可恶可杀"。在封建社会里，土豪劣绅除了按"规矩"强迫佃户缴纳租谷外，还千方百计抓住一切可乘之机榨取农民的血汗。每当干旱、雨涝粮食歉收之年，他们囤积谷米，闭门不粜，到了青黄不接时，哄抬粮价，剥削乡民。因此，人民往往被迫掀起了"闹粜"的风潮。禹之谟对于土豪劣绅的残酷剥削行为，表示极大的愤恨，对于人民的反抗斗争，表示同情和支持，经常帮助他们出主意，写状纸。

禹之谟的舅父刘献廷是乡里财主之一，他不仅对平民百姓异常心狠手辣，而且对禹之谟家也是一样的刻薄无情。禹之谟非常痛恨舅父这种"不义"行为，认为这些人都"可恶可杀"。一天，禹之谟舅父从前面走过来，他竟愤然骂道："这个财猪(主)又来了。"由此得罪舅父，而断绝了来往。以后当他被捕入狱时，刘献廷既怕受株连，又痛恨禹之谟的"不法"行为，曾向湖南当局呈递过"送死禀帖"。

第五件事是禹之谟对曾国藩等人的痛恨。曾国藩是湘乡县荷叶塘(今属双峰县)人，离禹之谟家乡青树坪只有几十华里。他为清政府镇压太平天国起义出了很大的力，1871年死去后，封建统治者为表彰他的"功绩"，特谥号"文正"。因此，一般湘乡人都为自己家乡有这么一个"大人物"而感到自豪。禹之谟在私塾里也曾经常听到先生对"曾文正公"等人的赞许和褒扬之词，先生教导学生们应该向这些人学习，将来功成名就，光宗耀祖。但是，禹之谟并不崇拜这号人物。一次，他问比他稍大一点的同学："为什么曾国藩是汉人，还要替满洲人杀害汉人呢？"这位同学解答不了这个问题，他就去请教先生，先生听了这话后，火冒三丈，大骂："你敢怀疑大名鼎鼎的'文正'公所做的事情吗？"但禹之谟并不心服，愤愤不平地说，我就不向这样的人学习。

为什么会有这种思想的产生呢？这与禹之谟少时所见所闻有关。在他开始懂事的时候，常常听到左邻右舍议论一位名叫黄婉梨的节妇的故事，使他幼小的心灵受到很大的刺激。

黄婉梨，号淑华，江苏上元县人。小时依父亲读书，很明道理。当曾国藩带着湘军打开南京的第二天，部下一班乱兵闯到她家，不由分说，把她两个哥哥当场杀掉，并抢劫一空。其中一个家住湘乡县杨家滩姓谢的士兵，见淑华长得美丽，便强拖她出门，她的母亲和弟弟跪着向这个士兵央求，此人恼怒，将她的母亲和弟弟一同砍死。不一会儿，她的大嫂赶来求情，也做了刀下之鬼。这时，淑华大哭大骂，要求士兵赶快处死自己。哪知那士兵不但不杀，反而大笑，搂着她便上船，连同抢劫的货物，由长江上溯到湘潭。然后，又把她强行带到湘乡境内潭市。为了保护自己的贞洁和对仇人的愤恨，年仅17岁的淑华在一天晚上先用刀将那个士兵砍死，然后自缢而尽。这个凄惨的故事，使禹之谟听了很受感动，既痛恨曾国藩为首的湘军，又同情这个女子和她一家的悲惨遭遇。因此，他不顾先生和社会的压力，指责曾国藩等人的行为，决心将来为汉人做点有益的事情。后来，他在和同乡谈论太平天国史事时，还坚持这个观点。据邓介松回忆，"禹痛骂清廷之腐败昏暴，摩拳擦掌，认为非革命倒满不可。谈及吾湘人物，禹痛斥曾国藩为汉奸，而吾父言必称文正公，彼此稍有龃龉"。禹之谟在1906年6月为公葬陈天华、姚宏业写的一首挽联中，也表露出这种思想。

禹之谟还十分鄙视做生意的人那种"市侩"习气。1881年，禹之谟15岁时，父亲不让他读书了，把他送到邵阳城里一家布店当学徒。一来想改变家庭生活的困窘情况，二来想让他学有成效，将来好当自己的助手和接班人。

禹之谟进店之初，尚能勤于店务，白天站柜台，黑夜睡铺板，蚊叮虫咬，他都不在乎，店主感到很满意。可是，过了一段时间，他看到店中一个伙计将顾

客选定成交的布匹又偷偷换成次布卖出去，欺骗顾客，却受到店主的赞许。因此，他对做生意人这种"尔虞我诈"的市侩习气甚为鄙视，对经商逐渐产生了厌恶之感，从而怠于店务，用心读书习算，有时还爱管点闲事。"毗邻有妇殴其姑者，夫懦不能制，君怒，猝入其室，捽妇于市，痛责之。其家人来诘难，君片言折之，皆弭首去。"他的这种侠勇行为很快传遍了附近各地，受到贫苦百姓的好评，但一般封建长老都认为他是一个不安分的伢子。店主更为不满，学徒生活不到一年，便把他辞退回乡了。

禹之谟回到家里后，受到父亲的严厉斥责，但他并不后悔，从此白天做些零星农活和家务，晚上刻苦自学。他研读过《史记》《汉书》一类史籍，试图从历代兴衰史中学点经世之学。《御批通鉴》《皇朝经世文钞》《明夷待访录》《王船山遗著》等，都是他这时和随后专心攻读过的书籍。禹之谟酷爱书法、金石、历算，曾精心收藏，着意临摹过《玉版十三行》《汉隶五瑞图》等六朝碑石，孜孜不倦地研习古代筹算。虽然家里贫苦的有时连饭都吃不上，可他却从不放松学习。禹之谟治学态度非常严谨，重实用，戒空谈，博览群书而有所专究，对书中的精华力求理解，并运用到实践中。如《王船山遗著》称，"虽力之未逮，养之未熟，见为登天之难，不可企及，而志于是则可至焉，不志于是未有能至者也。"这几句话就成为他终生励志的格言，而贯彻到整个行动中。

以上这些举动说明，禹之谟在少年时代有着一种对家庭、社会的叛逆性格，比起他的同辈来，他的确是一个不安分的少年。他为了摆脱家庭和社会的重重压力，开始产生了一种出外谋生和渴求新知识的强烈愿望。

幕 游 生 活

1886年，20岁的禹之谟离开了生活多年的故乡，饱尝旅途风霜到达南京，由在两江总督刘坤一衙署当幕僚的叔叔禹骏烈引荐，到名士张通典、张通谟家做门客，并兼任家庭教师，教张默君姐妹读书、练字。

张氏兄弟是当时社会上较有名望的人士，既有学问又具有爱国思想，他们后来还加入了同盟会。作为同乡和学问上的长辈，张氏兄弟对禹之谟是极为关照的。在此期间，禹之谟有机会阅读了最早一部中国人写的美国游记，即李圭的《环游地球新录》和一部中国人写的介绍考察欧洲工业技术的书，即徐建寅的《欧游杂录》。

李圭《环游地球新录》

環遊地球新錄卷一

江甯李圭小池

美會紀畧

美國設會緣起

北阿墨利加洲有美國者洋文稱友乃德司得次譯即合衆國又稱米利堅俗稱花旗泰西強大國也在地之西半球以球前論適與中國腹背相對自昔不通聲聞皆紅皮土番所居三百八十四年前日斯巴尼亞國（即西班牙國人）臣可倫勃斯跨海尋地始探得之嗣英國傳教士亦至其處見氣候

東行日記 并地球圖

　　李圭的《环游地球新录》这本书，是他1876年去美国游历回国后于1877年写成的。李圭在此书中介绍了美国城市、交通、工业和社会生活等各方面情况，使禹之谟发生了极大的兴趣。

　　特别值得注意的是，李圭在书中介绍了美国妇女的情况并结合中国现状所提出的主张。李圭对于美国妇女争取社会地位和劳动权利的运动，充满了尊重和同情，他感慨地说："天下男女数目相当，若只教男而不教女，则十人反作五人之用。"他大声疾呼：重男轻女的风气必须反对，"女子无才便是德"的口头语必须否定。后来，禹之谟在开办工厂的过程中，极力主张男女平等，认为"男女皆生利之人，无分利之人"，妇女应该也可以做到"自食其力"，亲自招收了几名女工，并准备招收一个女工班，正是受了李圭这种进步思想和平等精神的影响。

徐建寅的《欧游杂录》这本书，是他1878~1880年在德国、英国和法国考察工艺技术、订造铁甲战舰实录的基础上写成的。徐建寅在这本书中，介绍了他在德国、法国和英国参观考察过的几十个单位的情况。无论是在克虏伯、西门子、伏尔铿和基尔海军基地等考察的重点单位，还是在顺便参观的小工厂、小作坊和交通运输设施，他都详细地了解设备运转和生产过程，认真观察工人、技术员的实际操作，把他认为对中国有价值的东西一一记录下来，展现在书中。这使禹之谟大大开阔了眼界和增长了科学知识。对比贫寒闭塞的故乡，人民使用的仍然是木犁、木耙等原始工具，牛拉人拖的耕作方法，他不禁深深地感叹：中国是太贫穷、太落后了。

当然，对禹之谟思想起较大影响的，还是在他以

生可死耳　我志长存

后几年的游动的生活。

禹之谟在离开张家以后，即入营幕担任文书一类的工作，先后在江苏扬州、如皋等地住了较长一段时间。由于江苏地处海陲，与欧美发达国家通商较早，资本主义文化输入较快也较多。当时，在上海由外国传教士创立的广学会，为了迎合中国知识分子要求了解新知识的迫切愿望，曾经有选择地介绍、翻译过一些西方资产阶级的书刊。禹之谟因此有机会接触一些西方国家的近代政治学说和社会思潮，并结识了一些社会名流，交往益广，见识日博。面对国家积弱不振的严酷现实、封建官场的腐败情形和欧美国家由于采用现代科学技术而兴旺强盛的现实，禹之谟爱国忧时之心油然而生。

在封建社会里，封建官场的腐败，士大夫的迂腐无能、追求功名利禄的丑态，表现得很普遍。正如资产阶级民主革命宣传家邹容所尖锐地指出的："中国的士子者，实奄奄无生命之人也。……名士者流，用其一团和气，二等才情，三斤酒量，四季礼服，五声音律，六品官阶，七言诗句，八面张罗，九流通透，十分应酬之大本领，钻营奔竞，无所不至。"禹之谟对于此种人极为痛恨。

由于禹之谟在此期间书法有了很大进步，求书刻者颇不乏人。但他不肯酬答诌媚之辈。某次，有人以50两白银求刻一对图章，为送给上司做寿礼，遭到禹之谟的断然拒绝。

在这段时间里，禹之谟曾3次回乡省亲，其中一次是1893年春夏间。与一般宦游"满载而归"的人不同，他所带回的东西并不是搜刮得来的金银财宝，而是他所喜爱的古钱币、汉砖、端砚以及篆刻用具等笨重物品。

回到青树坪，故乡的情景不仅没有什么改变，相反贫富差别更为严重：富有的人们抽鸦片、纳妾、滥赌、讨亲嫁女大摆阔气、红白喜事挥金如土；而贫寒的人们拖儿带女，乞讨度日，有的婴儿刚生下就被饿死，或因病无钱医治而夭折，就连那些有少量田地的自耕农也纷纷沦为地主的佃户，生活艰难不堪。这一切，使得离别家乡多年的禹之谟感愤万分，心绪激荡。故乡啊故乡，究竟怎样才能使你摆脱深重的苦难？怎样才能使你走向富强？为了寻找救国救民的道路，禹之谟在故乡住了不久，就去上海、南京等地继续他的幕游生涯。

抗 敌 立 功

　　19世纪末，帝国主义各国竞相争夺殖民地，"分割世界领土的斗争达到了极其尖锐的程度"。当时，非洲、澳洲和亚洲一半以上的土地都已被宰割而先后沦为列强的殖民地。后起的资本主义国家日本，急起直追，竭力向外扩张，参加新的殖民地掠夺。

　　日本早就蓄谋侵略朝鲜和中国。在"明治维新"时期，它便确立了对外扩张的政策，制定了征服中国和世界的大陆计划，即第一期征服中国台湾，第二期征服朝鲜，第三期征服中国东北，第四期征服全中国，第五期征服全世界。按着这个侵略步骤，日本从70年代开始就在美国的支持下，不断入侵朝鲜和中国台湾。1887年，日本制订了详细的《征讨清国策》，提出了"以五年为期作为准备，抓住时机准备进攻"的计划，叫嚷要对中国进行一场以"国运相赌"的冒险战争。

　　战争一触即发，国内舆论和一些爱国将领都要求清政府增援备战，以阻止日本的武装侵略。北洋海军的广大爱国官兵，也要求立即投入抗击侵略者的战斗。清政府统治集团中，以光绪的老师翁同龢为首的一部分官僚，主张对日作战，企图一战而胜，从而加强其在封建统治集团中的权力和地位。因此，他们利用皇帝上谕和国内舆论，催促李鸿章出战。可是，李鸿章被日本侵略者吓得进退失据。在日军的武力威胁下，他拒绝出动北洋海军抗击侵略，主张"避战自保"，一味饰词敷衍。他不顾战争已经迫在眉睫的危急局势，力主乞求其他帝国主义列强出面"调停"。清朝最高统治者慈禧，既害怕日本武力威胁，又担心对日作战失败而动摇自己的统治地位，同时她正准备大肆庆祝自己的60寿辰，一心力保"和局"，苟安目前，支持李鸿章的求和主张，让他奔走于俄、英公使之间，向欧美列强摇尾乞怜。但是，正当李鸿章命令驻朝清军极力避免冲突的时候，日本侵略军却在美、英、俄等列强的支持和怂恿下，于7月25日又不宣而战，在牙山口外的丰岛海面，对中国返航的"济远""广乙"两舰突然袭击，中日战争正式爆发。

禹之谟从爱国的立场出发，毅然参加两江总督刘坤一节制下的军队，"愤士气之弱，欲投

李鸿章

慈禧

身卒伍，以为国民倡，当事者限于资格，仅委君以转饷"。他多次冒险通过敌人的警戒线，出入山海关，伪装运货商人，在黑夜或不良天气进行潜运，使任务顺利完成。"遂出榆关，历辽东西，经敌垒，冒重险，卒完所事。"在每次军事保案中都获得优奖，并在1895年11月，由刘坤一奏叙清廷赏给五品翎顶，以县主簿双月候选。

从以上史实可以看出，禹之谟在1894年毅然参加了甲午战争，出色地完成了任务，并受到两江总督刘坤一保荐官职。

甲午战争是中国近代历史进程中的一个重大转折，它进一步暴露了清政府腐朽透顶的真相，和帝国主义列强妄图鲸吞中国的狰狞面目。在战后签订的《马关条约》中，中国的神圣领土台湾被割去了，重庆、沙市、苏州、杭州等地被开放为商埠，日本人被允在中国所有通商口岸自由开设工厂，还要中国支付出两亿三千万两白银的巨款(其中三千万两作为赎回辽东半岛的偿金)。同时，这个条约的签订，震动了所有的帝国主义国家，掀起了瓜分中国的狂潮。俄、英、美、德、法、日等国，都争先恐后地掠夺在华利权，并为强占"租借地"和划分"势力范围"，展开了激烈的竞争，使中国面临被瓜分的严重危机。这使每一个具有爱国心的中国人都感到痛心疾首，蒙受了奇耻大辱。这真是空前未有的亡国条约！它使全中国都为之震动。

禹之谟作为甲午抗敌斗争中的一个积极参加者，目睹日本帝国主义屠杀中国人民和侵吞中国财富的情景，目睹清政府中以李鸿章为代表的卖国者推行投降主义，造成中国连吃败仗的事实，思想上受到了很大的刺激。同时，他在一部分爱国将领和广大兵民浴血奋战的鼓舞下，英勇地转向战地，完成任务，受到奖衔，但他"既未尝以获得这种头衔而感到志得意满，以后也没有用这个头衔在任何场合中显露过"，决心辞掉"翎顶"，用他自己的话说：从此不再做满洲的奴隶，"冲决牢笼"，"破网高飞"，以国民和自由人的身份投奔到救亡图存的爱国行列中去，干些实际工作，克尽匹夫之责。为了表示坚定的意志，他毅然把象征清朝官衔的孔雀毛翎子当作除尘帚使用。

1896年1月，禹之谟因父病危归乡，未几父死，他办完丧事以后随即到了南京，结识了一些爱国志士。相与谈论时势国事，"睹故国河山，潸然流涕，常谓我国积弱弊在空谈"。于是，为了以实际行动改变中国贫

中日馬關新約

第一款

中國認明朝鮮國確為完全無缺之獨立自主體制即如該國向中國所修貢獻典禮等嗣後全行廢絕

第二款

中國將管理下開地方之權併將該地方所有堡壘軍器工廠及一切屬公物件永遠讓與日本

一下開劃界以內之奉天省南邊地方從鴨綠江口溯該江以抵安平河口又從該河口劃至鳳凰城海城及營口而止畫成折線以南地方所有前開各城市邑皆包括在劃界線內該線抵營口之遼河後即順流至海口止彼此以河中心為分界遼東灣東岸及黃海北岸在奉天省所屬諸島嶼亦一併在所讓境內

二臺灣全島及所有附屬各島嶼

三澎湖列島即英國格林尼次東經百十九度起至百二十度止及北緯二十三度起至二十四度之間諸島嶼

《马关条约》中文刊本

穷落后的面貌，使之跨进发达国家的行列而做点贡献，他曾在这期间专心研究矿学，了解祖国矿藏分布情况，组织了一些人到长江下游一带勘测、考察，并筹集了一笔资金，准备开发矿业，但因后来资金的很大一部分被其弟弟禹蔚亭花掉，且因其他种种原因，未能正式开工。

由此可知，甲午战争后帝国主义的侵略和清政府的卖国，给中国人民带来的深重灾难和严重的民族危机，对禹之谟革命思想的产生和形成，起了较大的促进作用。他从单纯的爱国和不满封建地主阶级统治的认识，发展到以实际行动来挽救民族危亡，这是禹之谟走上革命道路之前思想发展的较关键的一步。不过，他对清政府中以光绪为首的一派，还是寄予了较大的希望。虽然，他不愿做满洲的奴隶，但在很大程度上还是主张有个开明的君主，来为国家和民族办点事情。他并未真正弄清楚"满洲政府"和"汉人政府"，究竟有什么本质的不同。祖国沉沦，危机四伏，禹之谟一时还找不到救国救民的正确途径，只能在探索中咀嚼因现实带来的苦痛。

生可死耳　我志长存

——献身民主的禹之谟

可贵的结论

19世纪90年代以后，随着民族危机的空前严重和民族资本主义的初步发展，七八十年代以来在少数先进知识分子中萌发着的革新社会政治的要求，逐渐形成为一股改良思潮。当时，资产阶级的思想家们在反对封建顽固派的同时，也看到洋务派活动的弊病，痛感封建专制制度的腐败，因而主张学习西方资本主义，进行社会改革。他们从爱国出发，在他们的西方资产阶级前辈那里借取了进化论等思想武器，猛烈抨击"恪守祖训"的封建顽固派，也严厉批判了只主张学习西方资本主义技艺，而反对学习西方政治制度的洋务派，大力宣传只有变地主阶级之法，维资产阶级之新，走西方资本主义国家之路，才能使中国富强起来，以挽救迫在眉睫的瓜分危机。在他们的

谭嗣同

宣传鼓动下，这种改良思想逐渐得到传播，吸引了许多爱国的知识分子。越来越多的人看清了顽固派和洋务派的面目，举起了"变法""维新"的旗帜，向封建专制制度展开了进攻，并在1898年发展成为有理论、有纲领的爱国救亡的政治运动。

禹之谟自1896年在长江下游一带开矿受阻后，随即到上海居住了几个月，于1897年初回到维新运动开展的富有朝气的湖南。在这之前，谭嗣同已与他的老师欧阳中鹄、好友唐才常于1895年7月开始了以"变法必先从士始，从士始必先变科举，使人人自占一门，争自者于实学"为主要内容的维新活动。他们在浏阳创办算学格致馆，造就人才，为实现变法维新的政治目的服务。1896年，又得到新任湖南巡抚陈宝箴的赞助和支持，维新活动在湖南随之掀起了高潮。此时，

他们正在大肆开展变法活动的宣传，刊行《湘学报》，介绍西方资本主义国家的政治、经济、文化等方面的情况，并传播一些自然科学知识。他们希望清政府以新法练兵，创办武备学堂，建立新式的海军，保卫祖国的海疆。

为了发展资本主义的工商业，他们要求私人有自由经营企业的权利，反对封建大地主、大官僚进行垄断，指出："泰西工作，有官厂，有民厂，其官民无隔阂也"；"泰西市利，君民共之，而富强之机莫遏"。对湖南新政，如"兴矿务、铸银圆、设机器、建学堂、竖电线、制电灯、行轮船、开河道、制火柴"等，热情地加以称颂，认为这是"开利源""塞漏卮""益民生""裨国势"的必要措施。禹之谟对这些维新主张极表赞同，认为这是当时救国之良方。因此，他与谭嗣同、唐才常、杨毓麟等人频繁接触，参与创办"时务学堂""南学会"等活动，并与醴陵、浏阳哥老会首领毕永年等人多次会晤。

1898年，变法运动进入高潮，从中央到地方都呈现一派鼓舞人心的景象。禹之谟心中感到一种从未有过的高兴，认为中国这下可有希望了。但是，好景不长，清政府中以慈禧为首的封建顽固派极力阻挠，于9月20日晚上发动了政变，28日杀害了谭嗣同等"戊戌六君子"。随即，湖南巡抚陈宝箴被革职，由俞廉三继任。

　　慈禧发动政变后，将改良派所推行的一些新政，被次第废除。湖南的维新事业，也一律停办，时务学堂提调熊希龄被革职，教习韩文举、叶觉迈、李维格等都离职他往，学生也多数离学。学堂改为求实书院，由汪贻书主持，以前具有一定进步意义的教学内容，完全被取缔了。湖广总督张之洞奉慈禧之令，将南学会的学约、略说、札记、答问等书版片，全部加以销毁。唯有保卫局原为保甲局改设，在省城设有总局一所，分局五所，每一分局之下又有小分局六所，并附有迁善所，收留少数失业游民或"犯人"，强迫学工，罚充苦役，保卫局目的在仿效资本主义国家警察制度，

《湘学报》创办人合影

有利于维护新的城市"秩序",故仍得继续保存。

戊戌变法运动失败之快,像茫茫黑夜里一线亮光,只闪烁了一下就立即被扑灭,它使禹之谟苦苦思索着许多问题:为什么进行社会改革如此艰难不易?为什么顽固派连一点起码的改革都不允许?为什么维新改良这条道路在东邻日本却能实行,却在中国行不通?最后,他从谭嗣同等人流血牺牲的事实中,得出了倚赖清政府改行新法,"等于与虎谋皮"的结论。

这是一个可贵的结论。它表明:首先,禹之谟认为变法图强这一类社会改革,与上层反动统治者的利益是根本对立的,因为他们严守"祖宗之法不可变"的主张,生怕变法会触及他们的统治利益。因此,对于反动统治者不再抱什么幻想。其次,禹之谟从清政府"宁赠友邦,勿予家奴"的卖国政策中觉察出,清政府对于民族的利益是十分漠视的。因此,欲图社会改革以臻国家富强之境,非进行"排满"不可。再次,禹之谟的反满思想,并不是狭隘的民族意识,而是要把清政府作为社会前进的绊脚石来对待。

然而,也应该指出,禹之谟在思想上虽然有了这样一个可贵的认识,但他对于运用什么方式来搬掉清政府这块绊脚石,在行动上还没有找到最合适的答案。

关键的一步

戊戌变法失败后，资产阶级营垒中革命与改良的两种思想正处在相互嬗替的时期，许多爱国人士站在革命与改良的十字路口继续探求新的救国道路。

自慈禧发动政变后，康有为等人逃到国外，继续宣传他们的政治主张，并在国外许多地方成立了保皇会。他们痛恨慈禧，想继续抬出光绪这个无权的皇帝，完成他们的变法大业。由于他们在变法中取得的政治影响和地位，在当时还有较大的号召力，使得许多爱国的知识分子对他们仍然寄予较大的希望。

此时，孙中山自1896年伦敦遇难脱险后，于1897年3月在伦敦《双周论坛》上发表了一篇题为《中国的现在和将来》的文章，指出中国积弱致贫和人民遭受苦难，是由清朝的黑暗统治所造成的，决不能归咎于中国的自然条件不好，或所谓"群众懒惰和无知"。他强调必须"完全打倒目前极其腐败的统治，而建立一个贤良的政府"，"除非在行政的体系中造成一个根本的改变，局部的和逐步的改革都是无望的"，以孙中山为首的革命派，决心和清政府做更大的较量。他们正在等待时机，然后再图进展。他们对于当时爱国的

知识分子也有一定影响，不过，还比不上康、梁等改良派的影响大。

与此同时，以农民为主体的广大华北人民群众，切齿痛恨帝国主义对中国的瓜分和侵略，自发地于1899年在山东首先掀起了反瓜分、反侵略的义和团爱国运动，猛烈地冲击着帝国主义侵略势力和清政府的反动统治。

于是，维新派——谭嗣同系的唐才常、林圭、秦力山等，在这时认为大显身手的时机到了，他们虽有几分倾向革命，但实际上仍与康、梁等息息相通，准备约集会党，组织自立军起义。禹之谟作为唐才常的密友，经过戊戌政变中血的教训，在思想上初步完成了从消极"辞官"到积极"排满"的转变。因此，1899年底起，积极协助唐才常在上海筹设正气会等各项活动。

1900年初，禹之谟偕同唐才常到达汉口，他们预定在8月9日发难，禹之谟的任务是负责将海外筹集到的军械饷糈，从上海转运到汉口，以供起义之用。

8月中旬，八国联军攻陷北京，慈禧和光绪皇帝同时出逃。这使得湖广总督张之洞感觉到慈禧的政权还不致坍台，遂由原来的暂时观望，到决意对自立军下毒手。8月21日，经汉口英国领事签字，租界巡捕协同汉口官吏捕获唐才常、林圭、田邦璿等二十余人。张之洞不敢白日公然加害，竟于二更后押至僻静处惨杀。禹之谟在唐才常被害的当天，正由上海到达汉口，"事败，尚不知，入唐寓，所见逻骑满室，知有变，乃从容作寄信人得脱。"

自立军起义的失败证明，唐才常等人不承认义和团斗争的正义性，不依靠农民群众的力量，幻想通过外国的帮助，以及康有为能供给军饷等援助来组织起义，因此，他们虽然要求实现中国的自立和富强，但终于遭到洋务派官僚和帝国主义的残酷镇压而失败。自立军起义的失败，使许多人猛然觉醒过来。禹之谟也清醒地意识到，要挽救民族危亡、推翻清朝，即使靠光绪这样的开明皇帝，也是不行的。于是，他毅然摆脱了与改良派的任何联系，坚定地走上了革命的道路，奠定了他后来坚决革命的思想基础。

求 学 日 本

生长在半殖民地半封建社会的中国知识分子，从开始就承受着封建主义和帝国主义在政治、经济和文化上的重重压迫，深感祖国沉沦、前途渺茫的危险。为了挽救民族危亡和改变祖国的贫穷落后，逐渐产生

生可死耳　我志长存
——献身民主的禹之谟

了要求学习西方发达国家的政治制度和科学技术的强烈愿望。因此，出国留学成为当时中国社会的一种新风气。

　　湖南派遣青年学生到日本留学，创议于戊戌变法期间。1900年义和团运动和自立军起义相继失败后，湖南青年知识分子对国内政治感到更为失望，亟思效法欧美、日本，拯救祖国。由于日本毗邻中国，于是留日学生人数日益增多。据1904年《清国留日学生会馆第五次报告》《同学调查录》统计：当时中国留日学生三千余人，湘籍学生已增到八百余人，占全部留日学生的1/4。湘籍留日学生人数在这时期达到如此惊人程度的主要原因之一，是最早的湘籍留日学生利用各种形式，吸引和劝导同乡青年赴日寻求新知识，认为："凡地球上国与种之被人所奴辱者，虽由列强之逼处，而实由学界之不发达，以致不自知有国界，不自知有种界，以致受奴灭之风潮而不及警觉，愈奴愈愚，于是并不求有文明之事，而甘于奴灭。"因此，他们主张："惟（唯）游学外洋者，为今日救吾国唯一之方针。"同时，他们还刊载报道留日学生生活的通讯，极力鼓舞和吸引省内青年知识分子告别亲友，离开故乡，奔赴日本。

　　留日学生，身处异国，亲眼看到日本经过明治维新，已一跃而成为当时亚洲强国，而自己的祖国，则相形见绌，在清政府统治下危如累卵，随时有被瓜分的危险，因而迫切要求学习救国图强之策。究竟向日本学习什么呢？戊戌变法的失败，义和团运动和自立军起义的失败，打破了人们幻想清政府反抗帝国主义侵略的迷梦。现实告诉了留日学生，走日本的道路已不可能，在政治上必须另找出路，在科学技术上应该向欧美、日本学习。

禹之谟自1900年自立军起义失败后，于是年冬"愤而出洋"，东渡日本留学。在这期间，他较多地结识了湘籍留日学生，并参与各种政治活动，"特别热心于联络广大同志的工作，几乎我国留日学生在那时候发起的每一个爱国革命的组织和活动，他都要想尽办法去争取参加。"他如饥似渴地研读西方资产阶级启蒙运动的著作和外国革命史书籍，赞赏西方资产阶级革命家在革命时代的进取精神，对华盛顿、马志尼、林肯、拿破仑、彼得大帝等人尤为崇敬。他盼望中国也能有类似的人物，来拯救民族的危亡。他曾表示："师拿破仑，学马志尼。"

以马志尼为首的青年意大利党人的革命口号，是自由、平等，博爱、独立和统一，不仅主张反对外国殖民压迫，而且主张争取民主、自由、普选权，召开

生可死耳 我志长存
——献身民主的禹之谟

立宪会议乃至建立资产阶级的民主共和国。他们规定用"教育"和"起义"两种方式来实现他们的政治主张，达到他们的革命目的。这些，对于禹之谟的思想和行动，显然产生了积极的影响。后来，他正是用这种"教育"和革命斗争的方式，来实践自己的理想。他曾勉励青年学生争当中国的华盛顿、马志尼。

这期间，禹之谟还涉猎过17~18世纪西方资产阶级的哲学著作，并把学习培根和笛卡尔哲学名著的心得体会写成联句："论学必当反诸吾人，而自信者乃始从之；言理必当反诸吾心，而有征者乃始信之。"后来，禹之谟把这种理论作为自己开展革命活动的指导思想。

禹之谟在留学期间，积极学习日本的科学技术，试图为祖国社会的发展做些有益的工作。他针对当时中国的弊病，对照欧美、日本诸国的实情，认为要挽救祖国的危亡，推翻清朝反动政府，每一个人都应该投身到生产斗争的前列，努力学习和工作。只有这样，才能有所成效。反之，既没有力量推翻专制统治，即使达到了革命目的，也没有强大的经济力量作基础，稳住和巩固自己所取得的政权。这种主张，在当时的历史条件下，显然是正确的。

由于有了这个正确的认识，禹之谟曾到东京千代田等工厂实习，"身躬纺织之学"，掌握操作和维修技术。同时，又到大阪等工厂学习简易的工艺美术和应用化学，了解和熟悉其生产的全过程。由于报国心切，未及卒业，便于1902年春携带纺织机器回到祖国。

实业活动中的大胆尝试

1902年夏，禹之谟先在长江下游的安徽省安庆市设立阜湘织布厂，毫无进展，且因开展革命活动遭到官吏忌恨，不久即回湖南。

1903年春，复设织布厂于湘潭，租西宾馆为工厂厂址。他把该厂取名为"湘利黔"。厂内生产的布匹，经过漂白印花、熨烫包装，同进口的货色没有多大差别，而且价格便宜，很受欢迎，因产量有限，往往供不应求。但是，湘潭主要是个商业地区，禹之谟觉得这对于政治上的发展不利。于是，他在这年夏天，又把工厂迁至长沙城内的荷花池，规模略加扩大，添置了几部织布机和织毛巾的设备，多招收了一批艺徒。并附设了一个工艺传习所，招收青年学生，教以简易的应用化学和制造藤、竹、木等新式家具的手工艺。厂内生产的各种棉织品和所内生产的各种手工业品，都深受市场欢迎，争来定购。

　　从现存史料中可以看出，禹之谟在兴办实业的过程中，进行过一系列工作。

　　第一，注重实践，反对空谈。他主张，"勿以知而自足，宜应用之，勿以欲而自足，宜实行之。此乃驱吾人使百尺竿头更进一步之金石言也，唯此一步，实人之所以为人也。"禹之谟除了自己亲自参加生产实践，力求从中了解和掌握经营管理上的一些经验外，对职工学徒要求也极为严格。他招考学生和艺徒方面，对他们的资格和品行……采取严审查的制度，差不多都经过他至亲好友的介绍和担保，坚持宁缺毋滥的宗旨。并经常对他们说："要能实际任事，空言那（哪）里能拯救国家啊！"他主张人人都要尽自己最大的努力，为国家和社会增幸福、做贡献。在遗书中，还特别告诫他的弟弟："吾辈有大责任在。至于厂中调度，全仗吾弟(指禹蔚亭)主持，以身作则为要！如学生有不守规则，或仅织以敷伙食，请弟破除情面，去之可也。"

　　在禹之谟所办的工厂里，有不少人是他的亲戚朋友，但他从不以这种关系而给予任何特殊待遇，同样希望他们"重实践，戒空谈"。他在狱中得知堂弟从事实业的消息，感到很高兴，并寄予极大的希望："康弟……从事实业，殊出意外。来信云：'自知用心，不敢嬉戏。'总要实践，不可徒作口头禅。工余之暇，宜定规则，看书、写字、作论(说)、写日记，不可间断，为要!"又对他的外甥提出了严格的要求："要实践力行，不在说得好听也。早晨宜早起，要一同吃饭，无要事不要外出，日间从事工作，力求进步。工余之暇，宜看书、习算、写日记。因循二字，误尽平生。"

禹之谟有句名言，叫作："望（往）好处想，便向好处走，决无不好之理。"又说："舍命去干，决无不成之理。"他在狱中遗书中也谈到："困心衡虑，终必底于成也!"可见他的实践是有目的的实践，是变革现实的实践。正是在这种实践思想的指导下，禹之谟所办的企业，无论是职工学徒，或者是亲戚朋友，大都脚踏实地，勤勤恳恳地工作和学习。

第二，将企业经营的好坏同个人、家庭和国家、社会的利益紧密地联系在一起。禹之谟在实践中认识到，要挽救民族的危亡，发展资本主义，使祖国跨进先进国家的行列，就必须首先从自己做起，从自家开始。因此，他在兴办实业的过程中，始终重视这个问题，他在狱中对其弟禹蔚亭不务厂事、吃喝玩乐的行为，甚感气愤：蔚亭究为何"置工事于度外?……大嫖之下，又打纸牌。如果属实，是谓无心肝之人，可不必在省，请另谋自立。"他认为：这"匪仅关乎一家，即社会上实业发达系之。吾家有负先觉之责，若因循不进，或一蹶不振，其负罪于社会也深矣。"

禹之谟尽力支助革命事业，在筹办"湘乡驻省中学"过程中，首先捐银百两作为开办经费；随后又自己出钱创办了惟一学校；同时对姚宏业筹创办的上海中国公学给予大力资助，为培养革命人才，开展革命活动起了很大的作用。

第三，禹之谟所办的工厂，在当时被人们称为新式企业，基本上是属于向民族资本主义近代机器工业过渡的一种工厂手工业。因此，他和职工、学徒的关系，是以"师徒"身份出现的。他经常给职工、学徒传授技术知识，勉励他们力求上进。同时，也结合现实情况讲授其他，如文学、历史知识。禹之谟的次子禹宣三，有如下一段动人而具体的回忆：

"先父对艺徒学艺，精心传授，反复讲解，言传身教，诲人不倦。当时我见到一个叫周连山的邵阳人，初学艺时，先父坐到织机上，亲自织给他看，要他细心观察织机各部位的动作，一边讲解脚应如何踏法，手要如何配合动作，然后再下机来教他自己习织；织得不好，又有针对性地指出毛病在哪里，应如何纠正，直至学会为止。先父对艺徒要求严格，但在传艺时却和蔼可亲，从未见他斥责学徒。木工制作织布机的木架和安装铁轴齿轮，也是先父教给木工刘辉生如何划线、用料，并同他一道施工。漂染也是如此。继祖母告诉我，先父还在艺徒中注意培养技艺比较全面的人，以造就教习人才。陈荆的侄儿陈荫间和王五楼等人对牵梳、织布、织毛巾、漂染等项样样能干，当时都已离厂到外地当教习去了。"

禹之谟还经常与工友同吃同住，生活较为俭约。据佚名撰《禹烈士轶事》一文说："先是，烈士尝营布厂于荷花池侧，余常往还。见其菜根粗粝，与群工同艰苦，余甚宾异之。"学徒除供给衣食外，酌予津贴，家贫者较多给，由大家共同商定。因此，他这种自奉俭约、平易近人的品行，为全体职工学徒所翕然心服，莫不把爱护厂内财物和发展厂内业务当作个人应有的责任。

第四，在办厂过程中，极力主张独立自主。鉴于以往资本主义企业不是受帝国主义的压抑，就是受封建主义的排挤而得不到发展这种情况，禹之谟决心把自己的工厂办成独立自主的企业。由于他办厂富有成效，某些同行甚至宁乡县的官办企业也想和他合作，以求更多的余利。禹之谟虽认为，"合办之说，实合群德"，但又感到在当时的中国，绝大多数人只顾谋求私利，缺乏为全局着想的事业心，所以他在给弟弟

的信中谈到："我厂有主之权，合无不可"，但"彼厂是一县公立，众心未必一同，合办，恐难见诸实行。"继而指出：长沙"黄泥塅陈家富有资本，在湘潭对河自己房屋……开数月，即烟消影灭，其折本也必矣。一人主权，尚且如斯，况一县之众，事权难一。我国人之道德心本薄弱，欲其办事诸人耐劳耐苦，洁己奉公，顾全大局，为社会增幸福者，恐不多见。"因此，他生怕和这些人共同经营，有损于自己的事业，婉言谢绝了对方的要求，坚持独立自主，办好自己的企业。

第五，禹之谟从社会角度出发，在兴办实业中，开始注意到妇女"自立"问题的重要性。在中国封建社会里，广大妇女不仅受到"君权""神权""族权"的压迫，而且还受到"夫权"的束缚，被剥夺了享受政治、经济和文化等方面的权利。他迫切地感觉到非改变这种不平等状态不可。他认为，要改变这种状态的重要途径之一，是让妇女参加社会实践，达到自食其力的目的，并为挽救民族危亡做点贡献。

因此，禹之谟为解决这个问题，做了大胆的尝试。1904年春，他在家乡招收了4名女工艺徒，准备送到自己的工厂里学习织布技术。当时，一些封建思想严重的人表示坚决反对。认为女子到了外面，会变成

"心不正，身不正"的人，万万不能去。禹之谟不顾这些议论的压力，毅然亲自把她们带到长沙，教她们学习和操作，鼓励她们好好干，为妇女们争口气。后来，他在狱中还念念不忘此事。在给他弟弟的信中，说："美青毛巾织得好又快，回忆春间在家招女工之言，人多疑惑，今又信吾言之不欺也。"并说："吾意俟年终工厂彻底稽核盈绌若何，倘敷衍得来，明年可专立一女工厂"。与此同时，他的母亲、妻子、弟媳、妹妹、女儿、儿媳等，均被带到自己的工厂，分别安排她们学习各种织布工序的操作。这一大胆的尝试，在当时的社会环境里，的确是了不起的举动。

第六，借办厂之机，影响和争取革命力量。20世纪最初几年里，革命知识分子在国内外出版了大量革命书刊，宣传资产阶级民主革命思想。但是，由于清政府对革命书刊的查禁，许多革命刊物在湖南不易见到。为了让较多的人接受革命思想，禹之谟除了亲自向职工学徒宣传"排满"革命外，还在工厂里暗自备置了许多革命书刊，供他们学习和阅读，并吸引和动员厂外青年学生来厂学习或借出传阅。据彭重威回忆说："当湖南高等学堂最初设在长沙城里落星田的一年半的时期内，我在每个星期六下午没有功课和每个星

期日休息的时候，必定到他厂里去，同他谈话或在旁看他们工作，而我的主要目的还是去阅读他那里所置备的各种有关宣传反满革命的书报。那时最新出版的革命刊物，可以在他那里先看到，并且每种备有很多份。禹之谟有时让我带回去借给要好的同学们看，还要我邀同他们到他厂里去玩。其他学堂与他有联系的学生们，每逢星期日，我可以在那里遇到，也就渐渐成了我的朋友。"

同时，禹之谟还经常与黄兴、周震麟等暗中联系，开展各种革命活动。据陈松藤回忆，说：禹之谟和黄兴"畅谈间作密语，由是始知公为革命中之实践者"。1904年华兴会成立时，禹之谟对黄兴等人筹备华兴会起义，给予了支持和帮助。起义失败后，黄兴由美"圣公会"牧师黄吉亭等掩护逃离长沙，远走日本，"公虽感于克公之行，而念愈坚"，主动承担了湖南革命活动的实际领导工作。此时，湘、鄂两省志士组织了日知会，作为两湖革命运动之枢纽。

据冯自由说："先后入会者，在鄂省有殷子衡、朱子龙、吴崐，冯特民、季雨霖、李亚东、张难先……在湘省有黄克强、宋教仁、胡瑛、陈天华、易本羲、刘揆一、禹之谟诸人。"

究竟如何评价禹之谟在这时期的实业活动？有的

人认为他的实业活动没有成功，而是失败了，正因为失败，才"惊醒了他的迷梦，知道中国非革命不足以图存"。这就带来了一个问题，似乎禹之谟走上革命道路并不在自立军起义失败后，他在这时还不是革命派的一员。对这个问题，必须进行具体的分析和研究。

首先，禹之谟的实业活动并没有失败，相反取得了较好的效果。他所办的企业虽然不大，基本上是一种中小资本主义的新式企业。但由于禹之谟的企业采取了上述一系列新的经营方式和办厂方针，因而取得了较好的效果，并发展到全省各地。"如衡山、宁乡、常宁、湘乡各邑，皆立有机厂，胥禹艺徒所在。湘省工业之发达，盖自此始。"由此可见，禹之谟兴办的实业，不仅没有失败，而且有了较大的发展，事实上，一直到他牺牲的时候，他的工厂也没有倒闭或破产。当然，禹之谟的实业活动，终究无法挣脱中国半殖民地半封建社会统治的羁绊的。

其次，禹之谟从事实业活动是改良还是革命。从20世纪初的历史状况来看，不管运用什么样的方式，无论是武装起义，还是"实业救国""教育救国"，只要其目标是为了发展资本主义，壮大资产阶级的力量，就是赋予了新的即革命的内容。据禹之谟自己说："十年以来，不甘为满洲之奴隶，且大声疾呼，唤世人无（毋）为奴隶，近年所唤醒而有国民志者，可万数计。"他在这里所说的十年，即1896年以来在甲午战败《马关条约》签订后民族危机日趋严重的刺激下，他的革命思想开始产生，经过戊戌变法和自立军起义的失败而最终形成，走上了革命道路的十年。况且，禹之谟在兴办实业的同时，还直接参加了各种革命活动，这就更证明他的实业活动不是单纯的"实业救国"，而是与资产阶级民主革命同时并举，渗透其中的。

总之，从禹之谟兴办实业的目的、内容和效果来看，反映了中小资产阶级要求发展民族资本主义的强烈愿望。同时，在那种"趋仕宦者居上流，治实业者属下品，而举国人群，上自朝贵，下至编氓，无一有循生计学之轨则以谋本民族之乐利"的社会里，更体现了禹之谟作为一位杰出的资产阶级革命实干家，为谋求本阶级利益，推动社会前进所做出的艰苦卓绝的大胆尝试，是极可嘉勉的。他以自己的实业活动，震惊和唤醒了时人忧国之心，其历史的功绩是不可磨灭的。

兴 学 育 才

人才问题，对于任何一个阶级说来，都是一个异常重要的问题。因为他们要维持或者推翻另一个阶级的统治，就必须有一批忠实于自己的知识人才，作为他们巩固政权或者夺取政权的有力工具。在辛亥革命准备时期，资产阶级革命派要推翻清政府的反动统治，建立资产阶级的民主共和国，同样迫切需要有一大批具有知识和觉悟程度较高的革命骨干，去组织、发动和争取广大群众参加民主革命运动。因此，兴学育材也就成为辛亥革命准备时期的一个重要革命内容。禹之谟在实践中，充分认识到了这一点。

湖南自1904年华兴会起义失败后，反动当局感到参加革命活动的人大都是青年学生，于是，他们采取了各种手段，加强对学生的防范，指派一些劣绅、痞棍充当各学堂监学，恢复"旧制"，强迫学生于每月初一、十五日，向"至圣先师"牌位行三跪九叩大礼，勒令各学堂的中堂均高悬"上谕"牌匾，内镌"一曰尚忠，二曰尚贤，三曰尊礼"等字样。并普遍印发湖广总督张之洞亲撰的《学堂歌》，要学生唱"维新党，多躁狂，奉劝少年须安详；革命话，莫鸥张，悖逆之名不可当。哥老会，烧、杀、抢，犹如黄巢与献闯；好兄弟，不阋墙，何况背主取灭亡"之类的反动歌词，使得青年学生在思想上受到禁锢，在行动上受到束缚。

禹之谟面对这种状况，决定用新的办学方式和教学内容培养青年学生，作为革命事业的重要骨干力量。他的办学宗旨是"保种存国"。其方法，一是教养，一是教育。在教养方面，他主张"人各自立""脱离奴籍"。他在笔记本上有如下一段精辟的见解：人莫患于为他人之奴隶，尤其患于为自己之奴隶。为人奴隶，犹可解脱；为己奴隶，则永无解脱之时。所谓为己奴隶者，心为形役也。是故常言心为形役者，奴隶之魁而最可哀怜者也。据此言，则心为心役犹且不可，况于形役乎？

20世纪初，湖南学堂有所发展，官立的有高等学堂（岳麓山）、实业学堂（落星田）、游学预备科（草潮门）、工艺学堂（戥子桥）、中路师范学堂（城南书院）、求忠学堂（荷花池）、陆军速成学堂和陆军小学堂（小吴门外）等；私立学堂为明德、经正（后与明德合并）、修业（最初只有小学班）、长郡（长沙府属十二县联立）及长沙师范学堂等。但这些学堂并不能满足青年学生求学的需要，而且学堂大都沿袭旧的封建教育制度。

1905年初，禹之谟召集在长沙的湘乡籍教职员和学生开会，倡议创办一个新式的学堂——"湘乡旅省中学"。他认为，自清政府废除科举兴办各级学堂，各府州县原来在省城建置为供给应试生居住、食宿之用的试馆，在此时已无再保留之必要，便倡议"湘乡试馆"作为办湘乡旅省中学的地址，与会者一致表示赞成。关于学堂开办的经费，会议决定：首先提用试馆历年节余下来的钱，其次向旅省的湘乡绅商劝募，并派人与湘乡学务处联系，要求将该县宾兴会(全县学款管理机关)的学团租谷，和在长沙的房屋租金，以及湘乡县畅远盐行浮收税捐一部分，作为学堂的经常费用。

1906年初，禹之谟回到家乡，动员以青树坪为中心的6个乡(旧称六都)的青年五六十人，进入该学堂学习。他预先在永丰镇(现为双峰县城)雇了4条木船，亲自送他们到长沙。

湘乡旅省中学的学生不以湘乡籍为限，这是禹之谟极力主张的。他认为，要培养革命人才和使较多的人提高文化知识和觉悟程度，就不能只限于一些同乡，而必须面向全省乃至全国。

随即，禹之谟又与石蕴山等人就长沙黄泥塅邵阳

生可死耳 我志长存
——献身民主的禹之谟

试馆，开办"邵阳旅省中学"和师范学堂。衡州、永州在省的新型知识分子，也在禹之谟的支持和帮助下，依照湘乡办法就"衡清试馆"和"永清试馆"办起了"衡州旅省中学"和"永州旅省中学"。其他各县"赖君成立者甚众，盖湘省所以有今日之开通者，率君之力也"。

与此同时，禹之谟还亲自筹资创办了"惟一学校"（禹之谟被害后改名为"广益中学"），招收失学的青少年，学校只收取极少数学费，有的甚至全部减免，授以国文、数学、史地和体操等学科。并聘请浏阳黎尚雯、邵阳石蕴山和新化邹价人以及邵阳陈安良等人，作为这个学校的兼职教师。他亲自给学生讲课，从历史上外族侵入和人民群众反侵略的生动事例，结合当时中国的民族危机，和清政府腐败卖国的事实进行讲解，借以激发青少年学生的民族自尊心和爱国感。

斯大林曾说过："在学的青年，当他们还没有投身于人生大海，他们比任何人都热心追求那号召他们为自由平等而斗争的理想。"生长在近代中国的青年知识分子，由于受帝国主义和封建主义的双重压迫，所以他们对于新思想的接受，也就容易得多。禹之谟除了亲自给学生讲课，向他们陈述革命思想外，还把当时大多数革命书刊供学生阅读，并将陈天华的《猛回头》《狮子吼》，杨毓麟的《新湖南》和邹容的《革命军》印成小册子，作为学生学习的辅助教材。因此，由于禹之谟"暗中宣传民族革命，鼓吹排满……一般青年受他的鼓励，倾向革命的很不少"。每逢有政治活动，只要是禹之谟主持，青年们就闻风响应。正因为有了这样一个良好的基础，当时湖南革命运动的秘密机关也就设在此校，许多青年学生担任了各种革命活动的联络甚至组织工作。

与此同时，禹之谟对姚宏业等人筹办的"上海中国公学"，给予了极大的关怀和支持，并和回湘筹募经费的谭心休接触过。

禹之谟为兴学育才付出了不少心血，特别是他在开办湘乡旅省中学的过程中，为筹款之事，几经周折，与各种腐恶势力进行过坚决的斗争，真可谓"耿耿精诚都付与了莘莘学子"。

事实告诉我们，禹之谟兴学育才的活动，是与当时湖南的革命运动紧密联系在一起的，并取得了较好的效果。由于禹之谟的革命理想和斗争精神，得到当时许多青年学生的敬仰，"每一学堂都有几个积极分子与禹之谟联系，禹之谟就成了新学运动的核心人物。"

在禹之谟培养教育下，许多青年学生，积极投入了粤汉铁路废约自办运动、反美爱国运动，和同盟会成立后湖南的各项革命活动，并做出了极大的贡献。如惟一学校的学生，舒绍亮、岳翰、唐无我、刘盛诸君及成仁烟台之唐烈士等百数十人，皆有自尊独立之风。同时，省垣其他学堂的青年学生，受到他影响的亦不少，如在萍浏醴起义中进行联络和组织活动的魏宗铨，以及后来在辛亥长沙光复中担任湖南都督府都督的焦达峰，他们的成长都与禹之谟的教育影响分不开。

从以上事实中可以看出，禹之谟作为资产阶级革命派中一位杰出的实干家，在辛亥革命准备时期，用新的办学方式和教学内容，为推翻清朝反动统治而培养革命人才，体现了他与一般革命党人革命活动的不同之处。

力争粤汉铁路路权

1901年《辛丑条约》签订以后，帝国主义列强纷纷在华划分势力范围，祖国和民族的危亡更加深重了。因此，反对帝国主义侵略和夺回丧失的利权，也就成为当时资产阶级革命党人和一切爱国人士的共同要求。

禹之谟从维护民族利益的立场出发，坚定地参加了1904年5月在湖南首先爆发的粤汉铁路废约自办运动。

粤汉铁路废约自办运动首先在湖南爆发，是有其重要原因的。在戊戌变法期间，根据当时"新政"表内关于粤汉铁路的计划，拟由广州到汉口兴建一条铁路干线，其经过湖南境内的原定路线，为由宜章、经郴县、永兴、安仁、攸县、茶陵、长沙、善化、湘阴、巴陵出省。1898年4月14日，美国合兴公司首先与中国驻美公使在华盛顿签订借款兴建粤汉铁路公司。当时议定借款数额为美金四千万元，年息五厘，以铁路及全路产业为抵押，九五扣算，其他附带苛刻条件极多。但由于义和团反帝运动爆发，直至1900年7月13日才由邮传部大臣盛宣怀与该公司代表，在北京续订合同。从此，美帝国主义攫取了粤汉铁路路权。

本来，依据"续约"规定，必须"以五年为限，造成全路"(自广州到汉口)，但到1904年，却只修了广州至三水段的90华里，湘、鄂两省的工程根本未着手进行。同时，依据"续约"规定，"美国不能将此合同转予他国及他国之人"，但在1901年起，合兴公司即陆续将铁路大半股票转售给比国的万国东方公司，合兴公司驻汉办事处董事，亦大半改由比人充

任，并传说实际由法国人来修筑。消息传出后，湖南绅商于1904年5月向各地倡议："立废合同""争回路权""筹款自办"。随后，鄂、粤两省爱国人士，也坚决要求废约。于是，粤汉铁路废约自办运动，便正式开展起来。

以禹之谟为首组织起来的湖南各界力量，主要是青年学生和工商界中爱国人士，自始至终发挥了主力军的作用。禹之谟身先士卒，莅会演说，痛陈利害，指出："不自我先，不自我后，有此大权大利之铁路机会，商界当急取之，勿傍徨也。"在他和青年学生的宣传、鼓动下，湖南工商界中爱国人士受到极大鼓舞，激发了爱国热情，决心自己出钱，修筑自己的铁路，"两期即集股二百万有奇。"

同时，禹之谟和青年学生的宣传、鼓动，使得绅商与各阶层人士暂时联合到一起。9月，湘绅龙湛霖、王先谦、冯锡仁等举行会议，力主废约，并举王之春为代表赴沪，督促、督办铁路大臣盛宣怀与合兴公司进行废约交涉。第二年5月，湖南绅商设立粤汉铁路局于长沙；7月，又设立铁路总公司，奏派张祖同、席汇湘为总办，积极筹款自办。

禹之谟等人的废约主张，也得到留日学生的支持。1904年9月8日，湘、鄂、粤三省留日学生组织"鄂湘粤三省铁路联络会"，致电外务部及三省督抚，并函告各地绅商，主张废除合兴公司前约，将粤汉铁路收回自办。12月10日，留日学生召开大会，公举湖南湘潭人杨度为总代表赴沪，力争废约。

1905年8月29日，在三省人民和留日学生的坚决斗争下，终于以675万美元"赎回"已经筑成的广州至三水段铁路，原订合同作废。粤汉铁路废约自办运动到此结束。此时，禹之谟的声望骤然增高，绅商学各界之驻湘者，皆推崇之，被推为湖南商会会长和学生自治会会长。

虽然粤汉铁路被"赎回"来了，但问题并没有彻底解决。1906年冬，粤汉铁路又有"官督商办"之说，而湖南境内的粤汉铁路路权，实际上被劣绅王先谦等在"官率绅办"的名义下把持，以致路工迟迟未能着手进行。当时，身陷狱中的禹之谟得悉此情况后，感到非常气愤，在《与同学诸君书》中说："近有官督商办之说，是皆前此绅办者，因事不已属也。阴地唆弄，必破坏商办之局而后快。商界无人才、无魄力，只可居被动之地位，无原动之资格。湘路之能否专归商办，必得学界之援助，否则一为官办，资本无着，人皆悭而不前，势必借洋款，以数百万败回之路，又将去矣。且湖南与之俱亡，呜呼危哉！欲存湖南，必争路权。"他甚至痛心疾首地号呼："试观甲午三千万赎回之辽东，随转而送之俄人。辽东为建房发祥之地，尚存有何爱于湖南？呜呼悲哉！欲存湖南，必争路权。争路权者，商界、学界之天职，责无旁贷。诸君以谟言为千虑一得欤，请于学界开会之际，为谟宣布此意，以俟大多数国民择，是为幸！"

在这里，禹之谟深刻地揭露了清政府所谓"官督商办"和湖南官绅所谓"官率绅办"的实质，就是要排斥民族资本的铁路经营权，而将经过艰苦斗争从美帝国主义手中争回的铁路路权，重新送让给外国侵略者。这使人民群众对清政府的"宁赠友邦，不予家奴"的卖国政策有了更具体的认识。

禹之谟在粤汉铁路废约自办运动中所做的贡献，充分表现出他维护国家利益的爱国感情和反对帝国主义侵略的斗争精神。

反美运动的中坚

1905年爆发的反美爱国运动，是中国人民为抗议美帝国主义虐待华工、迫害华侨、拒不废除期满的只有排华性质的《中美华工条约》，而发动的一次规模较大的爱国群众运动。

1905年5月10日，上海商会决议："如美国不允将苛例删改而强我续约，则我华人当合全国誓不运销美货，以为抵制"；随后，更电"请外务部坚拒签约，并请南北洋大臣鼎力主持，电部抗阻；又遍电各省商会请为传谕各会协力举行抵制办法"。于是，反美运动首先从上海发起，随即得到全国各地各阶层爱国群众的响应。

湖南自从岳州、长沙相继辟为商埠，湘潭、常德辟为寄港地之后，美帝国主义的侵略势力急剧地向湖南扩展。美国在岳州、长沙所设的恒侑洋行，专门经

营锑矿、萍乡焦煤及湘西、湘南的桐油，并替奸商承办批趸美国商品，成为美国对湖南经济侵略的最大据点。此外，美商美孚石油公司、英美烟草公司、南星洋行、旭升洋行等等也都在长沙、湘潭等地设有经销处或分销处，大量地榨取湖南人民的脂膏。因此，反美运动立即在湖南得到了反响。可是，在这一运动中，民族资产阶级中的许多人，慑于帝国主义和封建势力的淫威，中途退出了运动，表现出极大的动摇。当然也有一些比较坚定的民族资产阶级分子，自始至终和人民群众一同坚持斗争，表现了极大的爱国热情。禹之谟就是其中的一位。

就在上海商会通电抵制美货不久，禹之谟即以湖南商会会长的身份，首先关照商会各董事把有关全国性的反美报刊随时向各行业广为散发宣传，借以激发全省人民的反美爱国热情。7月上旬，他策动工业学堂的教职员与学生奔赴湖南各地进行抵制美货的宣传。接着，他又组织中路师范、府中学堂的学生两次开会，宣传"抵制美货为大清国民之天职，吾湘断不可后人"。许多学生，在这种形势的鼓舞下，自动组织起来，停止买卖美货。

8月下旬，禹之谟又联合长沙商务总会董事长王铭忠、在长沙的宁波富商吴渭清等，在福星街浙江会馆召开了一次"湖南全省绅商抵制美货禁约会"，市民群众与青年学生纷纷参加，到会者四千余人。会议决定成立"湖南办理抵制美货事务公所"，作为这一运动的领导和执行机构。会后，又以"湘省同人"的名义发布了许多宣传性小册子、传单和画报，揭露美帝国主义强迫订立及延续《华工禁约》，迫害中国工人、侨商和留学生的罪行。其中题为《奉劝中国的众同胞勿买美国的货物》的小册子，批判了那种认为抵制美约"是我们国家的事，我们不必管他"，以及认为"我们又不是做工的，我们又不到外国去，这种事情管他做甚"的错误思想，号召"大家要齐心些，卖货的不卖美国货，买货的不买美国货"。并且估计了抵制美货的效果："美国国家的进款，专靠卖货的出息，但他们的货物十成有八九成是卖给我们中国人的，只要不买他们的货，他国家的进款要十去八九了，简直比同他打仗还厉害。"

这一举动，鲜明地体现了湖南各阶层群众，特别是民族资产阶级的爱国热忱和反对帝国主义的革命性。

早在抵制美货运动初期，美帝国主义便向大资产阶级和清政府进行一系列的威胁利诱活动。8月21日，清政府秉承美帝国主义的旨意，令各省督抚严禁抵制美货运动。在这种情况下，大资产阶级操纵的上海商会首先停止了活动。8月下旬以后，湖南抵制美货运动亦逐渐消沉下去。"湖南抵制美货事务公所"的负责人完全丢开了抵制美货事务，而卷入了本帮与浙江帮商人间狭隘的行会斗争。浙帮商人吴渭清等竟然公开破坏运动，运销美货。禹之谟为首的青年学生活动，也因湖南当局尤其是长善学务处总监督俞诰庆的干涉，而被迫停止。

1905年席卷全国的反美爱国运动虽然消沉下去了，但它沉重地打击了美帝国主义，阻止了中美续约的签订。此后两三年中，美帝国主义对华出口总值一直处于下降状态：1905年为5 700万元，1906年为4 440万元，1907年为2 600万元。

从上述事例可以看出，禹之谟作为民族资产阶级中一位杰出的革命实干家，在这一运动中显示出的较为坚决的反帝态度和极大的爱国热忱，体现了他在资产阶级革命党人中的特殊性格。此后，他以更坚决的姿态，投入组建同盟会湖南分会和各项革命活动中。

首建同盟会湖南分会

1905年，整个东方在俄国革命的影响下，都卷起了革命的浪潮，给中国革命创造了有利的条件。国内资产阶级民主革命思想的广泛传播和革命小团体的相继建立，使得当时的革命运动迫切需要一个比较集中而统一的领导机关。然而，在当时，无论兴中会也好，光复会和华兴会也好，都缺乏明确而完备的纲领，更没有严密的组织，而且都受地方性的局限，不足以领导全国日益高涨的革命运动，于是，一个统一的资产阶级革命政党——同盟会，于1905年8月20日应运而生。

同盟会设总部于东京，举孙中山为总理，按"三权分立"的原则，设执事、评议、司法3部。黄兴主持执事部庶务科，总理外出时由庶务代理一切，相当于协理。国内分东、南、西、北、中5个支部，支部下按省设立分会，推定了各省分会的主盟人。海外华侨分南洋、欧洲、美洲、檀香山4个支部，支部按国别、地区设立分会。

大约在这年冬天，黄兴从东京函托禹之谟在湖南组建同盟会湖南分会，并指派党人陈家鼎等协助开展

生可死耳　我志长存
——献身民主的禹之谟

工作，发展组织，宣传同盟会的革命纲领，开展革命活动。黄兴为什么要选定禹之谟为组建同盟会湖南分会的主持者呢？这有两个方面的原因：第一，黄兴在初期湖南的革命活动中，与禹之谟结下了较为深厚的感情，彼此之间比较了解。当黄兴在湖南成立革命小团体华兴会时，禹之谟在各个方面给予支持和帮助，华兴会起义失败后，黄兴逃离长沙，远走日本，而禹之谟坚守湖南，继续战斗。因此，他们的革命目标一致，革命态度同样坚决，共同播下了湖南的革命种子；第二，华兴会失败后，禹之谟是湖南革命运动的实际领导者。他冲破种种阻挠，积极开展各种革命活动，在湖南各界中的威望不断增高，被推选为商会会长和学生自治会长。因此，在当时的历史条件下，由禹之谟来主持组建同盟会湖南分会，也就最为合适。

于是，禹之谟立即和党人陈家鼎等进行分会成立前的各项准备工作，于1906年春天正式组建了同盟会湖南分会，并被推为主要负责人。他们把分会机关设在禹之谟的湘利黔工厂，切实执行同盟会总部的各项任务，约集各界群众在长沙天心阁召开秘密会议，进行革命宣传。"惟（唯）恐人之不众耳，无论政界、军界、警察、工商界，皆得旁听，恨不得吾辈宗旨大义，家喻户晓、印入人人之脑中"。同时，他考虑到革命同志之间互相联络实在必要，不致到了关键时刻一哄而散，缺乏统一的指挥和行动。他指出："下学期必开学界、军界、警察、工商界群治大会，以联感情，一洗从前陌路之弊"。他生怕众人不齐心，便手持大刀，坚定地表示："如不从，以此刀为鉴!"

为了壮大革命党人的实力，禹之谟认识到争取湖南新军下级军官和士兵，是一个很重要的问题。于是，他发动学生中的骨干向进步军人进行宣传，争取他们投入革命阵营中来，并和党人刘次源等刊布了一种名叫"大同会"的传单，在省内各地各界中广为散发，团结和争取了许多革命力量。

1905 年 10 月，同盟会创办了机关刊物《民报》。孙中山在《民报·发刊词》中，将同盟会的 16 字纲领归结为民族、民权、民生三大主义，即所谓"三民主义"，并且宣布要将三民主义"灌输于人心，而化为常识"。为了使湖南各界群众较多、较好地理解和接受孙中山的"三民主义"，明确革命斗争的目标、任务、性质和前途，禹之谟与党人覃振、樊植等组织了《民报》发行网，他"日持革命书报于茶楼酒肆，逢人施给，悍然不讳"。当时，长、善两地学生在禹之谟等人的组织领导下，秘密散播的各种宣传性小册子，据统计，前后共有万余册。又据仇鳌回忆说："因此，禹之谟就成了

我们进行秘密革命活动的首领。《民报》经我们想尽办法偷运偷销，在湖南各地起了很大作用。"

应当指出，禹之谟在同盟会湖南分会成立后的革命活动，仍然主要是依靠青年学生来进行的。如明德学堂学生积极创制油印器皿，翻印各种革命书刊。长、善两地学生制造武器，高等实业学堂学生曾以化学实验为名，配制炸药，事为学务处所侦察，均被学生施放硫化氢所驱走。长、善学务处总监督俞诰庆认为，这些事情都是禹之谟煽动下发生的。因而对他的言论和行动加以密切注视，并派人授意禹之谟，要他带领学生埋头读书，不可胡闹。禹之谟当即气愤地对来人说："今何时也！可尚（尚可）待乎？人人皆待，天下将谁待耶？所贵乎读书者，贵其能实行也，若读书不能实行，则与书肆何异？试问千万书肆能救国亡否乎？"充分体现了他为挽救民族危亡，不畏强暴，不惜牺牲生命的可贵精神。

禹之谟对省内各县革命党人的活动，也给予极大的支持和帮助，使他们较广泛地进行革命宣传和组织活动。如在湘阴开展革命活动的仇鳌、彭枚生、赵缭等人，鉴于湘阴师范一些老先生革命性不强的情况，另办了一所民立第一中学作为革命宣传和组织机关，得到了禹之谟的支持。

因此，自同盟会成立以来的半年多时间里，湖南的革命运动在禹之谟等人的组织和领导下，又有了较快的发展，"故当时民气伸张与革命暗潮四布，湘为特盛。"此后，湖南的革命运动由秘密的形式逐渐转入短兵相接的公开阶段。

公葬英烈

同盟会成立后，清政府鉴于革命形势的不断发展，要求日本当局对中国留日学生的革命活动施以镇压。1905年11月，日本政府的文部省发布了《取缔清韩留日学生规则》。当"取缔规则"颁布后，留日学生义愤填膺，决定全体罢学回国，不在日本受辱。这一决定，是在激愤情绪的支配下做出的，实行起来颇有困难。但既经决定，若不实行，必被日本帝国主义所耻笑。湘籍留日学生陈天华看到这点，特别是看到当时留日学生总会的领导人都不肯负责，悲愤万状，竟不惜牺牲自己生命来唤起国人的觉悟，毅然于1905年12月8日在日本大森湾投海自杀。

在陈天华的爱国精神鼓舞下，留日学生中反对"取缔规则"的斗争逐渐开展起来，绝大多数学生举行罢课，一部分人相继奔回祖国。但是，这些人回国以后怎么办呢？为了使回国的学生不致失学，湖南益阳人姚宏业和四川人孙镜清等人，便在上海的北四川路横浜桥办起了中国公学，后迁吴淞建筑完整的校舍。

然而，中国公学的处境非常窘迫：一方面，由于官绅买办的极力阻扼，经费拮据万分，"各处筹解校款不至"；另一方面，"各地立宪妖说亦日触于耳"。因此，姚宏业深感"东京之现象既如彼，内地之悲观又如此，而半生复仇光仅与此次归国对外人之种种大愿，终莫能遂"，忧愤万状，于1906年5月6日投黄浦江而死。

禹之谟对陈天华、姚宏业两人的革命活动早有所闻，尤其称赞陈天华的《猛回头》《警世钟》两本小册子和临死前写的《绝命辞》。因此，当两位同乡挚友为国捐躯的噩耗传到湖南，当地人民极为震悼，禹之谟更是悲愤欲绝。于是他和革命党人召集各界群众开会，首先倡议公葬两烈士于岳麓山，得到一致赞成。但是，湖南当局尤其是长、善学务处总监督俞诰庆百般阻挠，亲自到各学堂"训话"，污蔑陈、姚主张革命之说，说："革命即是造反，造反即是大逆不道。陈、姚因革命而自杀，实为'回不得家乡，见不得爹娘'所致。"声言奉巡抚部院的谕示，绝不能听其埋葬岳麓山。禹之谟随即与革命党人召开学生自治会议。他针对湖南当局和俞诰庆等官绅力图破坏的行为，激愤地指出："今台湾、胶州、广州(湾)、大连等地皆为外人所占领不惜，独以中国人葬中国一抔土，反不能容乎?"禹之谟坚决地表示："倘有人出头阻禁，定以白刃从事。"会议最后决定，不顾官绅阻挠，公葬陈天华、姚宏业于岳麓山，借以激扬民气，反抗封建统治，"遂为示威运动计"。

1906年夏天，当陈天华、姚宏业灵柩运到长沙后，禹之谟与陈家鼎、宁调元等组织省城各公私立学堂的教职员和青年学生以及各界群众万余人，于6月10日由教职员率领抬着陈、姚灵柩，分两路从朱张渡、小西门两处护送过江，前往岳麓山安葬。学生手执白旗，头戴草帽，足蹬布鞋，身着白色制服，高唱哀歌，队伍绵亘十余里，声势浩大，仪仗庄严。"之谟短衣大冠，负长刀部勒指挥。执绋者数以万计，皆步伐无差，观者倾城塞路。"在这种形势下，军警也只得呆立两旁观看，不敢干涉。

送葬队伍前面，高举挽联和祭帐，内容都带标语性质。沿途还散发了许多传单和小册子。队伍的最前面是禹之谟亲手书写的一首挽联：杀同种是湖南，救同种又是湖南，倘中原起事，应首湖南，志士竟捐躯，双棺得败湖南罪；兼夷狄成汉族，奴夷狄不成汉族，痛满酋入关，乃亡汉室，国民不畏死，一举伸张汉族旗。

灵枢抵山后，即举行公葬仪式。禹之谟和宁调元等人先后向全体会葬的群众演讲陈天华、姚宏业两烈士的生平事迹和这次公葬的意义。"禹之谟当众演说，万众振奋，民气大为伸张。"然后全体会葬者向陈、姚灵枢前三鞠躬，随即下土埋葬，礼毕散会。

这次公葬陈天华、姚宏业事件，是禹之谟等革命党人在同盟会成立后领导湖南青年学生和各界爱国群众，对清政府和湖南当局的一次政治大示威，也是湖南的革命势力同反动势力一次公开正面的交锋，它打击了敌人的嚣张气焰，扩大了革命的影响，湖南的士气在这个时候到达了极点。

痛惩封建官吏

1905年5月，湖南巡抚端方派遣善化县劣绅俞诰庆充当长、善学务处总监督。俞诰庆，号刺华，长沙县人，举人出身。他上任以后，便以"整顿学风"为名，革退进步学生，严禁学生集会结社，收缴各学堂演习"洋操"所用的木枪，改用哑铃，"以遏乱萌"。他深知青年学生"闹事"的为首者是禹之谟，于是他对禹之谟严加提防，暗地监督其行动。当他阻葬陈、姚的阴谋未能得逞，即于当天下午嗾使军警逮捕参加竖碑工作而迟归的青年学生十余名。

学生被捕之后，禹之谟当即以学界代表出面向俞诰庆交涉，要求立即释放，但毫无结果。同时，由于长、善学款由俞诰庆等一伙把持，小学教育经费奇绌，教员待遇微薄，这就引起了禹之谟等人极大的愤怒。青年学生深知不惩治此人，当时的革命活动就不能顺利进行，于是找到了一个机会，狠狠的打击俞诰庆的气焰。

随后，禹之谟主持召开了有五六百人参加的群众大会。他以极为严肃的态度指责俞诰庆身为学务处总监督，本应敦品笃行，整躬率属，为全城学界树立良好的模范，可是却做出不雅的事情来，这是湖南教育史上莫大的耻辱。最后，学生们强迫俞诰庆答应：一、释放被捕者，停止镇压学生运动；二、再不宿娼嫖妓；三、对于自己所受的惩罚不进行打击报复。

显然，学生们的目的是通过揭露俞诰庆的丑闻，使他受到罢职免官的处分。但这是不可能的，因为在封建社会里，官官相护之现象是屡见不鲜的。然而，痛惩俞诰庆事件，伸张了民气，打击了湖南官绅的威风，使得"当道及乡绅咸为惊异，以为民气伸张至此，殊予政府及官绅不利，非严加制裁，不足以杜绝祸根。但清大吏畏之谟名，迟迟不敢发。"

事后，有人担心禹之谟的行动太过火了，禹之谟回答说："待满洲奴才，礼应如此，未可宽也。"足见他对于封建官吏是何等的痛恨，斗争精神又是何等的坚决！

紧随这次事件，湖南当局宣布省城各学堂提前放暑假，可是，湖南的革命运动在禹之谟的组织领导下继续发展，青年学生的斗争情绪更加高涨。据英国驻长沙领事报告说：自从学校放假以后，学生们的行为举措毫无悔改，相反，他们变得比以往更为粗野，更难制驭。并且，据报告，彼等与秘密会党和其他坏分子相勾结，图谋不轨，反对政府官员和外国人。毋庸置疑，彼等已经失去全省人民的同情。

以上这段话虽充满帝国主义分子对于中国人民的仇视心理，但也从反面反映出当时湖南革命运动的状况。

坚持斗争　舍生忘死

自禹之谟主持公葬陈天华、姚宏业和痛惩俞诰庆事件后，湖南官绅对他"畏之愈甚，恨之愈深，谋之也就愈急"。尤其是俞诰庆等人更是挟嫌报复，寻机陷害。他在释放学生时，对他们说："这次他们的被捕，完全出于军警当局为维持地方治安而采取的必要措施，本应开除学籍之外，予以重惩，但念学生意志薄弱，受人煽惑，故独力担保一切，从宽开释，望学生从此改过自新，如再受人煽惑，重落法网，定当重惩不贷。"他还经常伪造禹之谟在某月某日和某地，同某些革命党人、某些学堂的教职员和学生，某些军队的官长士兵，开会商议起事的消息，向巡抚庞鸿书直接密报，以陷害禹之谟。

此时，学政张鹤龄调离湖南，由庄赓良继任。庄赓良在湖南做了四十余年的官，反对维新，仇视革命，是反动官绅的极力保护者。1906年6月，他在北京被授予高级官衔，于7月下旬回到长沙，担任湖南臬台和学台两个职务。上任后，他制定了学生规章，指认学校是"骚动和扰乱之源"，誓称要逮捕所有的"坏分子"，同时，明确禁止"以发表演说为目的而集会，或联合罢课，或越轨聚众，或无状失检，亵渎尊师，或私自广散传单"的行为。对学界实行了严密控制。

当时，有人劝禹之谟稍敛锋芒，防备官绅的陷害，但他坚定地说："在这危急的时候，还等待什么呢？""我不畏死，然后房之所以惧我之术穷，而大义或有终明之日。"决心继续战斗，誓不退却。当其他较有影响的革命党人相继逃离湖南时，"他却孑身留省，与会党首领龚春台、姜守旦、李经其、王胜等密谋发难事宜。

这时候，湖南按年摊付《辛丑条约》所规定的庚子赔款本息与日俱增，口捐之外，再度加重盐捐，克扣教育经费，人民负荷奇重，压得喘不过气来。而畅远盐行税捐一部分充作"湘乡旅省中学"的常年经费，因反动官绅的阻挠，全无着落，但该行盐捐浮收愈来愈多，大多流入官绅的私囊。经湘乡绅士曾广钧等迭次催提，该行置之不理。1906年5月，湘乡学务处监督王礼培亦报告学堂经费困难，筹款无法解决。为了解决办学经费的困难，和打击官绅盐捐浮收的行为，禹之谟趁同年暑假提前放假之机，率领学生一百余人回乡，准备晋见知县陶福曾，追缴畅远盐行提款。

禹之谟预先于29日托举人张通晋等面谒陶福曾，说明驻省学生假归，为湘乡旅省中学经费之事，拟来署求见。30日，他率领学生一百多人整队入署，首先向陶福曾力言："食盐加税，已违人道，浮收巨款，民命更危，倘不能根本撤销，亦应将浮收之款，移充学堂经费，免入私囊。"陶福曾多方推卸责任，说什么征收盐捐，不归县衙门主管，是属于盐局职权范围之内的事情，只能将他们的要求转达盐局酌情处理。禹之谟等据理辩驳，要求陶福曾立刻传讯畅远盐行老板，陶福曾慑于群众的威力，传来盐行帮伙高益峰。顿时，群众大呼喊打，但陶福曾有意包庇，并说什么奉到上宪谕旨，不能动刑，禹之谟等坚决要求陶福曾责令该盐行提取两万元作为办学经费，限3日之内答复，始退出县署。当时情形，据陶福曾事后向巡抚庞鸿书禀报说："本月初九日，禹之谟督率学生约计二百余人，哄堂塞署，拥挤二堂。声称畅远盐行不准再开，目前行用要归伊等；七月以后，盐行人归伊治罪；其抗缴之盐，亦归伊销售。并逼令卑职勒带行主，责惩押缴。卑职以一时万难传到，而学生等哄聚不散，且限令拿人，外面观者如堵，愈聚愈多，深恐滋生他故，只得饬派干役，立即将该盐行写票高益峰传案。该学生等有云责打一万者，有云勒打五千者。卑职晓谕再三，钦奉上谕停止刑讯，万难依从。且云，'自分空疏，不谙学术。今学生既强以所难，即行带印晋省，请上宪另委贤员。'各学生等一闻斯语，似有退慎之心。唯禹之谟喋喋不休，并勒卑职即时具禀，须（需）提二万金兴办学堂，静候三日，如不具禀，仍当复闹，卑职以其行近野蛮，且聚人太众，稍事操切，恐生他变，只得曲为应允。二更时候，禹之谟大声疾呼：'畅远阻挠湘乡全县学务，且浮收行用，罪应枭首。如仍抗款

不交，再当开议。'始将叫子吹动。各学生闻之，鼓掌星散，缄默无言。可见各学生尚无挟制之意，惟（唯）听禹之谟一人之指挥。"

接着，陶福曾又说："惟（唯）禹之谟并非学界中人，往年学习织造，略知文字，嗣在省中学堂来往，标榜声誉，各学生居然为所指挥。方其初，势滔滔如火燎原，不可向迩。卑职处以镇静，未能恣所欲为。将来进省，势必妄吠。如不将其惩治，不独于政体有乖，而且贻害学界。"

湖南当局日以捕禹之谟为第一要着，特别是俞诰庆等人，更是寻找一切机会，企图置禹之谟于死地而后快。当他知道禹之谟率同学生回湘乡时，认为良机已到，立即写了一封密信，遣人送给陶福曾，要他密切注视禹之谟的言行，随时向庞鸿书密报。显然，陶福曾的禀词是直接受俞诰庆指使，夸大其词而写成的。庞鸿书接到陶福曾上禀后，觉得"哄堂塞署"，罪名太轻，又没有其他谋反叛逆的真凭实据，不足以置禹之谟于死地，又虑禹之谟在长沙工商学各界中有很高声誉，假使不把他处死，仅仅关在狱里，可能随时酿成事变。此时，俞诰庆乘机进言，说什么禹之谟的党羽遍布各地，革命一触即发，如再不当机立断，听其自由，必有后悔无及的一天。庞鸿书在俞诰庆的危言耸听影响下，立即召集布政使英瑞、按察使庄赓良、提学使吴庆坻等人，在抚台衙门召开紧急会议。会上，绝大多数人都认为，禹之谟多生存一天，湖南的安全就多一天危险，但又怕没有确实罪证，反而会引起事态的扩大。俞诰庆却认为，正因为形势紧迫，如不趁各学堂放假期内学生尚未回堂之前，把禹之谟先行逮捕，那就后患不可设想。至于罪名问题，"率众塞署"（哄已改为率）已足够判处禹之谟永远监禁而有余，将来转移离省较远的州县执行，隔离他的党羽，就不会有什么大的危险了。于是，决定以"率众塞署"罪名，逮捕禹之谟。

首先得知这个秘密消息的是美国基督教"圣公会"牧师黄吉亭。他立即把禹之谟找到自己的住处，将此消息告诉他，要他暂时躲避在自己的家里，然后再做其他打算。禹之谟感谢黄吉亭的好意，告以要革命就不能怕死，为革命而牺牲的人越多，革命的影响就越大，革命的成功也就越快。禹之谟坚定地表示："吾辈为国家为社会死，义也；各国改革，孰不流血？吾当为前驱。"他毅然辞别了黄吉亭，急忙回到厂里料理一切应速安排的事务，包括销毁或藏匿有关革命材料。

在这里，还得交待一下禹之谟同圣公会的关系。

湖南人民在1900~1912年间，先后在衡州和辰州

075 生可死耳 我志长存 ——献身民主的禹之谟

发动过反对外国教会的斗争，惩治了传教士的罪行。湖南当局被迫向外国侵略者赔礼道歉，镇压了各地反教会的斗争。美帝国主义趁此机会，把它的宗教侵略的魔爪向湖南境内扩张。在极短的两三年间，长沙、湘潭、衡阳、常德等地，各种派别的美国教会以及附设的医院和学校，几乎到处皆是。圣公会就是美国在长沙所设各教会之一，其牧师黄吉亭，注意联络湖南教育界倾向革命而具有声望的人，如黄兴、周震麟、禹之谟、宁调元等，是想借他们的社会影响吸引青年学生信仰基督教，达到扩大传教的目的。虽然这些被联络的人们并不信仰宗教，但能借此掩护革命活动，故也乐意与黄吉亭接触。禹之谟的活动，的确得到黄吉亭等人的一些帮助和支持，他们之间的关系，是比较好的。因此，当时黄吉亭就想帮助禹之谟脱险。此后禹之谟被捕入狱，他还向湖南当局提出过释放禹之谟的要求。

湖南当局自决定逮捕禹之谟之日起，先将各学堂人数进行彻底调查，准备封闭禹之谟所办的惟一学校。朋友们看到事态严重，力劝禹之谟赶紧逃离湖南，禹之谟却神色自若，毫不惊慌，在他从黄吉亭口中得到这个消息起，他首先考虑的是如何严守革命秘密，免遭大的破坏。更以湖南的革命运动需要他继续战斗，绝不能遽尔他往。因此，他向朋友们说："苟如此，吾何以谢学界？且余固无罪者，焉用避！"又说："死耳，夫复何言！吾湖南人不住湖南，将焉往？倘他日异族下一令屠杀汉人，吾汉人又将焉往？前途芥莽，其各勉旃，无以我为念。"

此时浮现在他脑际的，是好友谭嗣同、唐才常、陈天华、姚宏业等人的形象，他们为了国家民族的命运一个个杀身成仁，自己曾经追随他们寻找真理，经历了不少艰苦，从不畏缩，现在正是他献身的时候了。况且，反动派拿"率众塞署"这个罪名强加到自己头上，未必就能达到杀他的目的。即使死了，也可以激励后来人。

由于禹之谟在精神上有如此充分的准备，当长、善两县令率同捕快巡警包围织布厂四周时，他的继母含着眼泪劝他越墙而逃，但禹之谟敛容对她说："死生旦暮耳，但恨我志未酬，愧无以报中山之知。"即整服就逮。时为1906年8月10日。

随即，湖南当局以学务处名义就禹之谟捕获及封闭惟一学堂牌示：照得湘乡人禹之谟，恣行不法，劣迹多端，假地方公事，强行出头，聚众多人，直入衙门，哄堂塞署，现经访拿到案，发府讯办。查该犯在省城设有惟一学堂，一时无人经理，应即将该学堂封停。所有该堂学生，限日内一律搬出。如有品诣端方、情殷向学者，一俟官立各学堂暑假期满招考时，准取具保结，报名投考，以凭录取。毋违！特示。

同时，又为禁止擅发传单、开会演说以学务处名义牌示，现节录如下：乃访闻湘乡学堂，竟敢擅发传单，开会演说，违背钦章，又不遵本处诰诫，实属不成事体。除移警务处将擅发传单之人严密查拿外，为此示仰各学堂学生一体知悉。自示之后，务当各安本分，毋得听人煽惑，自干咎戾。

企图以此恐吓各界人士尤其是青年学生对禹之谟被捕的反响，镇压群众的反抗情绪。

然而，事态的变化与反动当局的愿望恰恰相反。由于禹之谟在湖南工商学各界中享有盛誉，他们都为禹之谟的被捕感到悲愤。他们首先刊印了《禹之谟历史及被逮原因》的小册子，在省内外广为散发。他们高度评价禹之谟在同盟会成立前后的革命活动，指责清政府和湖南反动当局特别是俞诰庆等人的罪恶行径。认为："禹非独湘乡一部分之人，实我湖南学界、工界、商界之总代表也。"并坚定地表示："捕我总代表，是欲破坏我全体也；破坏我全体，即我全体之公敌也。岂可坐视而不求对付之方法邪？"他们还从湖南革命运动的角度出发，认为禹之谟的被捕，不仅仅是关系到他个人的生死问题，更重要的是关系到今后的革命运动能否继续深入发展的大问题。

因此，只有团结起来，坚持同反动统治者斗争到底，湖南才有出路，革命才能成功。

革命党人陈家鼎、宁调元、龚铁铮等在海外出版的《洞庭波》杂志，大力宣传禹之谟的革命事迹，揭露清政府和湖南官绅陷害禹之谟的种种劣迹。

他们指出禹之谟为首的学界，之所以起来进行革命斗争，完全是由于反动当局和官绅的压迫统治所致。并指责官绅的举动，与历史上奸臣昏君之陷害忠良的罪行没有什么区别。

东京湖南籍留学生则发出《敬告湖南学生全体罢课书》，针对大多数学生的群龙无首和部分学生的苟安心理，大声疾呼："哀莫大于心死，痛莫过于国亡"，应赶紧商议"对讨之策，以期还我主权，复我人格"。如果按兵不动，甚至听任官绅的摆弄，则"二十世纪上将不能留我湖南之名词者"。他们希望全体学生"组织办法，邀人发起，命各校自举代表及纠察，查其上课者，公同屏出学界，再犯则杀无赦。无论杀人如麻，流血成海，万不容存此死心之国之学生毒我中国前途，污我湖南学界也。"号召大家立即行动起来，实行罢课罢学。

　　与禹之谟有联系的基督教长沙圣公会会长黄吉亭，曾向湖南当局递送禀帖，请求释放禹之谟，但遭到湖南巡抚批驳。

　　禹之谟所办的织布厂和工艺传习所的职工学徒，分头到各地传报禹之谟被逮捕消息，请求各界援助；并写信给按察使庄赓良，要求到监狱里看望禹之谟，禹之谟的弟弟禹蔚亭则托人向汉口驻英领事设法营救，要求加入英籍，以图脱祸。但因"烈士以乞怜外族为巨耻，遂中止"。

　　禹家亲友也联名致书旅靖同乡，介绍禹之谟革命事迹。

　　由于各界舆论和活动的压力，湖南当局感到很棘手，不敢公开审讯禹之谟，而清政府深恐巡抚庞鸿书软弱无能，不能应付湖南的革命局势，于是改派屠杀广西人民的大刽子手岑春煊接任湖南巡抚。在这种情况下，即将离任的巡抚庞鸿书与庄赓良、俞诰庆等人商议，觉得只有先把禹之谟从长沙移监外地，才能转移舆论的目标，稳住岌岌可危的局势。于是，他们秘密地将禹之谟于8月25日深夜四更，派委官兵二十多人、轮船一艘，27日移监至常德，又于9月18日移监至湖南边远地区靖州，由酷吏金蓉镜承办此案。

身在狱中　心忧天下

前任巡抚庞鸿书、长沙知府周儒臣，初定禹之谟徒刑五年，后改为十年，终定为永远监禁。但是，新任湖南巡抚岑春煊则认为判得太轻。反动官绅俞诰庆等认为对禹之谟永远监禁还不足以杜绝后患。此时，湖广总督张之洞为了将湖南的革命党人一网打尽，查出孙中山党徒在湖南活动的情况，指令办案之人对禹之谟施以重刑，逼出口供，尽法惩办。他在批复长沙知府周儒臣的禀词中，说："该府拟以永远监禁，未免轻纵。现奉谕旨，逆匪孙汶(文)蓄谋不轨，著各督抚严防查缉在案。……拿获杨怀三一犯，供称该犯禹之谟与孙汶(文)同为一党，为长沙虚无会长之语……如果所供相符，应即禀请尽法惩办，以遏乱萌。现在人心嚣凌，纷纷不靖，未可稍事姑容，致贻后患。"于是，金蓉镜这个杀人不眨眼的刽子手，对禹之谟施加严刑，企图逼供其他革命党人的踪迹和新的"罪证"，达到尽速杀害他的目的。

禹之谟从8月10日在长沙被捕，经过常德移监靖州四个多月的时间里，受尽了酷吏的严刑拷打，有时被剥去衣服，赤身跪在烧红的铁链之上；有时被悬

生可死耳　我志长存

吊半空，绳断身堕；有时被灌辣椒水，并用香火灼
其胸背；有时被鞭打得昏迷不醒，人事无知，遗溺
在身……现依次抄录禹之谟在狱中叙述他身受惨刑和
金蓉镜逼他供出其他革命党情形的几封信。

1907年1月3日，禹之谟自狱中写出一信说："二
鼓后，金牧(靖州知府金蓉镜)亲持线香一大把，烧吾
(禹之谟自称)背，约二时之久，无可供。抬至戏厅，吊
吾右大指及大脚趾，悬高八尺，数刻绳断，大指已经
破烂，绳亦断。又换系左大指悬之，再用香火灼吾背
及膊，遍体无完肤，所讯无非是要供称孙文。

金牧曰：'你在湖南是个头目，究竟是何等头目？'
余曰：'我不是头目。'又拿火来烧。不得已又供称曰：
'我是上等头目。''然则你是头目，你之下还有些伙
计，是些什么人？'我说：'无。'金牧曰：'总有些，
你不说，我又要你上火炕。'我见其势凶猛，曰：'同
志即是伙计。'金牧曰：'你同志有多少？'我说：'不
计其数。'金牧曰：'是何姓名？'我说：'无姓。'又
问：'孙文叫你们做甚（什）么事情的？'我说：'救国
保种。'金牧曰：'如何救法？'我说：'杀人放火。'金
牧曰：'你要杀那（哪）一个？'余曰：'应杀者即杀！'
金牧曰：'你们几日起事？'余曰：'我不知期。'金牧
又来烧，余信口曰：'十月间。''然则何处起事？'余

曰：'在上海相会。'金牧曰：'何以要到上海，我想即是湖南，你不见浏阳、醴陵之事乎？你关在禁里，不然你也是一个。'

又曰，'你与孙汶（文）同党，有何好处？'余曰：'好处就是革命。'金牧曰：'《民报》是你发行否？'余曰：'我不曾发行。''然则是谁发行？'答曰：'不晓得。'金牧曰：'你曾看见《民报》乎？'我说：'看见一本。'金牧曰：'报上说的是甚（什）么道理？'我说：'无非中国被外国欺压，政府不能保护，总要百姓晓得救国。'金牧曰：'尚有何言？'余曰：'一时记不起来。'我求他释放下来，徐徐讲出。金牧曰：'放下来不讲，再上火炕！'

众役放下，不知有无四体，时俯卧在地，气息奄奄。金牧催说曰：'我晓得放下来就不讲了。'他又说：'就要把你打死！'我即述说一些救国的话，时已五鼓，金牧即标牌收押，兵役抬下，不省人事，遗尿在床。

至今二十七日早七时始苏，求友书此，普告同胞，要知政府下诏立宪，专制的凶暴政治，有进无已。将来四亿的同胞，其苦惨可想而知！"

1907年2月2日，禹之谟又自狱中写出一信说："十八日(一月三十一日)三时，金牧又提予讯问曰：'汝为何到这里来？'余曰：'为湘乡学堂提盐行陋规事'。金牧即曰：'此非原因，可将原因说来！'余曰：'其为葬陈天华、姚宏业乎？'金牧曰：'不是，尚有原因。'余曰：'长沙周守所详亦不过此二事，他非所知也。'又问曰：'你认得杨某乎？陈某乎？'所问之人皆未所闻。余曰：'都不认识。'金牧曰：'你会作对联乎？你认得报馆的人乎？'余曰：'我不能作对联，亦不识报馆之人。'金牧曰：'曾闻禹之谟三字，如雷贯耳，何以这些人都不认得？然则你所认识者，又是些甚么人？'余以各学堂监督、教员及商会人对。金牧曰：'仅识此等人，亦不算上等人。'所答动遭无礼之斥驳。谓左右曰：'拿长刑来！'即当面钉镣。且曰：'你既不说出原因道理来，即如牛马一般，牛马之肉，人欲食则食之，何爱焉！押下去！'金牧此讯，心横成见，不知受谁意旨？

余之生死，久已置之度外……带镣坐牢又一月，不闻动作。余日以《群学肄言》一书玩索，而有得焉，叹我国民之劣，于群德、群情，虽以万倍的显微镜，亦不见有影儿。十二月十八夜三鼓睡中，闻呼提禹之谟，余乃著衣前进，至二道之右侧小厅。金牧云：'湘抚、鄂督有来文云，陈某供称孙派你在湖南为虚无党，你从实招来，还有些什么人？'余曰：'余在湘省办纺织事，三年于兹，不知孙文、陈某为何许人。'金牧即呼人拿梆子来，褫去余衣，跪于铁链之上，两手左右伸开，于膝后湾处横压一棍，两端入柱之孔，又以棍横于脚背湾处，板上三叠，计一尺高，使重压力尽在膝盖，胸前横一棍，使不得移动。金牧即呼'打'！以荆条鞭背至九百。血耶、肉耶？余不得见！金牧即问：'你是孙文党乎？'余曰：'孙文之党可也，余即是孙文亦可也，请速杀，此苦不能受矣。'金牧曰：'何必杀，就是这样打死！'复曰：'你认得谭心休否？'余曰：'谭心休自四月为上海中国公学派回湖南筹款，曾会过面的。'金牧又曰：'听得陈统领说，你为陈天华作了一副挽联，'杀同胞是湖南，救同胞是湖南云云。'余曰：'我不曾作挽联。'金牧曰：'闻有一种《民报》，是你代为发卖。'余曰：'我不开书铺报馆，何能卖报？'时转五鼓，有管禁董某在侧，余托其至金牧前代求，余能书愿死状，请释此刑。久之使签牌放下。自三更至五鼓，赤身跪压，加以鞭背，几遗矢溺，数兵扶之下架，脑虽未死，而四肢已不知谁属。比抬入禁，置于床。至十九日午刻，自膝而下，尚冷如冰。同禁张福二，以洒磨三七按摩之，不知有痛。……闻尚欲提，死耳，夫复何言！"

在这种惨绝人寰的严刑折磨下，禹之谟经受住了考验，没有暴露革命机密；没有出卖任何同志。实现

了他"宁可牛马其身而死，毋宁奴隶其心而生"的光
辉誓言。

　　对于如此坚贞不屈的革命者，反动官吏只能摧残
他的躯体，却丝毫摧残不了他的革命意志。禹之谟没
有呻吟肉体上的痛楚，却在精神上有极大的苦闷，他
说："与满奴各处一端，自不两立，捕拿下狱，不遂我
杀身之志，幽居无聊，又不能尽建设之义务，恨何如
之!"他身囚狱中，心忧天下，当他听到长沙敬修纸厂
以稻草做原料，应用新法造纸成功的消息后，便立即
写信索取样品和了解制造技术，试图在靖州推广，为
当地人民谋点利益。他特别惦记的，是湖南的革命事
业。针对俞诰庆等官绅为阻止湖南青年学生的革命活
动，改组"湘学会"的情况，他写信给他的学生，揭
露俞诰庆的罪恶目的，说："彼贱奴以提款兴学，恐学
界发达，汉族有生机也，其摧之不遗余力者，效忠于
虏廷，冀固其位，势所必然也。""至湘学会即能成立，
必含多分的奴性，借奴势以伸权力、行压制，可预知
也，满奴亦得利用之。"希望他们赶紧商量对付的办
法。

　　在国内革命形势迅猛高涨的情况下，清朝统治集
团中的尚书、侍郎、总督、巡抚和驻外使臣，纷纷要
求制订新的策略，以挽救朝不保夕的清朝统治。他们

相继奏请"变更政体，实行立宪"。1905年底，清政府接受他们的建议，派载泽、端方等五大臣前往欧美、日本各国"考察政治"，表示将施行宪政。1906年，载泽、端方等先后回国，密陈立光有"皇位永固""外患渐轻""内乱可弭"三大好处，主张诏定国是，仿行宪政，而"实行之期，原可宽立年限"。经过御前会议的一番争论之后，清政府在9月间正式宣布"预备仿行宪政"，从改革官制入手，逐步厘定法律、广兴教育、清理财政、整顿武备、普设巡警，作为立宪的"预备"。禹之谟听到这个消息后，感到很气愤："世固有希望贱族立宪者，试观数十级下行之奴隶，尚纵其霸食，欲望政治之平，得乎？以知一县事之奴隶，一纸具文即大加捕拿，视学界若草芥，以牙行为神圣不可侵犯，此开明专制假空谈之学术，行牢笼之方略。今稍有识者，无不研求学术，思想发达，破网冲飞，不可牢笼。"

在这里，他针对清政府地方官吏之压制民主的事实，指出他们的立宪完全是为了欺骗人民，消弭革命。号召人们擦亮眼睛，冲破牢笼，起来斗争，坚持到底。

禹之谟在狱中对青年学生寄予极大的希望。因为他在实践中深深地感到，没有这样一批勇敢无畏的学生与他共同战斗，他的革命活动也就无法进行。因此，

他认为自己死了以后，只有青年学生才能继承他未竟
的事业。"今也，我遭倾陷，无能为矣，能继我志者，
学界必有人。"他对青年学生在他被捕以后，在"学生
自治会"的组织领导下继续斗争的举动，做了高度的
评价："我所希望之学生自治会，幸诸君之大魄力，于
大风潮大势力兴大狱之际，放大光明于黑暗世界，狱
中人闻之，喜而不寐……猗欤幸哉，学子已能自立
矣！"但他并不感到目的已达，满怀信心地希望他们：
"以百折不回之气概，振刷精神，整齐秩序，力求进
步，毋少退让！以自治会为政党会、新国会之基础，
其责任之重且大也如此，诸君勉之！吾辈不为清廷之
囚犯，不可为自治会之罪人，愿诸君务其大者、远者，
若目前之小害无畏焉。"

他还要求他的学生在办好学生自治会的同时，进
一步成立"群治大会'，为各省做出榜样。可以想见，
这种身陷囹圄，至死不忘革命事业的可贵精神，对于
革命群众产生了多么巨大的影响啊！

禹之谟在狱中还对其亲友寄予极大的希望，并认
为自己所走过的道路并没有错，显示出他义不反顾的
气概。他安慰亲人不要为他悲伤流泪或叹息，应该为
他感到高兴和自豪。希望他们"转忧为喜，喜吾家甘
为国民死，不为奴隶生"。他对其堂弟不务正业的行

为，进行了苦心的劝导和教育，希望他将家眷接到外面，专心从事实业："容弟于官场孽海果然看透乎？可将阔气的衣服尽行出卖，所存数亩，亦可卖而还债，家眷从事实业，所有应酬概行免除，专心致志管理厂务。""且吾弟之漂零无定，又非社会生利之道。弟能改辙为社会增幸福，为安家之长策乎？"

他托付他的弟弟们，好好管教他的儿女，抚养成人，将来可"取禹之谟第二"。

他鼓励其好友涂珩，不要被反动派的气焰所吓倒，应该振作精神，继续战斗。他高度赞扬战友的革命精神，并愿发扬下去。"君素具热心，而千局复宏。对神州之陆沉，朝朝痛饮，观异族之入侵，夕夕伤心。与君心意数月，弟一既(概)知之矣。……天下事，不为则已，为则未有不成者。且愤孽胡之侵入，不特君一人，此四百兆人同愤也。……当此人人思愤之时，而一旦爆发，则河出伏流，一泻千里。是雄武之亚力山大、拿破仑之法，亦且当其锋而辄败，而此么么小丑又何足当英雄之注！"但是，他衷心警告，万万不可粗心大意："然忽略者多败事，君幸勿视敌不足灭也。如此则清夷有日，太平有期，异日复睹汉官威仪，其食兄之赐也。"

他耳闻目睹社会、官场和牢狱的腐败，还打算编

写一部《黑暗史》，以揭露清政府的残暴统治，激发人民的革命热情。他在狱中题词自勉："暂藏丰城剑，待著羑里书"。上边是以丰城宝剑自比其才华，现身陷囹圄，只好藏器待时，对笔借周文王被囚羑里，演绎《周易》，终于灭纣的故事，表述自己现虽被囚，但终将达到"驱除鞑虏，恢复中华"的目的。

禹之谟在就义前一月即准备好了遗嘱，他以极度激动的心情写道："世局危殆，固由迂腐之旧学所致，亦非印板的科学所能挽回。故余之于学界，有保种存国之宗旨在焉！与若辈以摧残同种为手段者，势不两立，于是乎有堵州之监禁！……"禹之谟在遗嘱中正告同胞："身虽禁于囹圄，而志自若，躯壳死耳，我志长存。同胞！同胞！其善为死所，宁可牛马其身而死，甚毋奴隶其心而生！前途芥芥，死者已矣，存者诚可哀也，我同胞其图之。同心衡虑，终必底于成也！"

这铿锵有力的遗言，对于激励人民的革命斗志，起了不小的作用。"吾人读烈士遗书，使其俟之百世而不惑，后之人当亦有感奋而兴起者。"的确，千百万湖南人民的心和他紧密相连，无不为他的精神所感动。他的好友陈荆及他的学生们，不远千里到监探望，沿途散发传单为他申辩；许多青年学生得知他的动人事迹后，无不仰慕他的高尚人格。旅靖湘乡同乡对他表示了极大的关切，有人怜悯他在狱中所受的苦难，杀鸡鸭放毒药入内，使之中毒死去，免得再受折磨，但禹之谟发觉后坚定地表示："大丈夫当光明磊落，行刑法场，使观者睹其状相，传达国民，得鉴于官吏之残酷，各自厉其志，以图进行。是我一人之死而全此亿万人之生也，吾不为苟死"。

以上事实告诉我们，禹之谟经受了各种苦难，始终没有屈服，而且继续宣传他的革命主张，唤醒国人的觉悟，战斗到生命的最后一刻，充分表现出他对资产阶级民主革命的坚定信仰，和无限忠诚的可贵精神。

慷 慨 捐 躯

由于禹之谟在狱中坚贞不屈，金蓉镜的每一次审讯不仅一无所获，反而受到禹之谟的痛骂，决计迅速杀害这位矢志忠贞的革命家，好向上司报功领赏。当然，促使金蓉镜速杀禹之谟的行动，还有一个很重要的原因，即1906年12月爆发的萍浏醴起义。

自1904年华兴会起义失败后，湖南哥老会首领马福益等相继受害，但它的组织并没有被打乱。不仅在

浏阳、醴陵一带农民中发展得很快，而且扩展到江西萍乡安源煤矿中去。马福益旧部肖克昌、李金奇，均为安源煤矿领班，在矿工中很有号召力量，龚春台、姜守旦、冯乃古在浏阳，李香阁在醴陵等县农民群众中尤有威信。他们吸取了过去失败的教训，团结得更紧，掩蔽得更深，新开山堂更多，反清意志也更坚强。

同盟会东京本部显然注意到了这种有利的情况，派遣湖南籍留日学生刘道一、蔡绍南回湘"运动军队，重整会党"，发动起义。但是，由于禹之谟被捕，学生中的革命活动一时无法展开，刘道一、蔡绍南直接找寻联络会党极为困难。幸得禹之谟的学生魏宗铨正在萍、浏、醴一带开展活动，于是，刘道一、蔡绍南经魏介绍与会党首领龚春台联络，并邀约萍、浏、醴各地哥老会头目会晤。

他们创立洪江会，设总机关于浏阳麻石，势力迅速发展到萍乡、宜春、万载、浏阳、醴陵各县，并决定在农历十二月底清朝官府封印后起义。由于清军突击麻石，会党首领李金奇、肖克昌等先后被捕杀，总机关也被封闭。形势十分紧迫，会党二三千人即于1906年12月3日在麻石宣布起义，起义军称"中华国民军华南革命先锋队"，推龚春台为都督，蔡、魏分任左、右卫都统领。十天之内，各处全党纷起响应。起义群众以安源矿工为主力，贫苦农民和防营士兵纷纷参加，总数达3万人以上，威震湘、赣边界数十县。

在这种形势下，湖南巡抚岑春煊实行全省戒严，电令金蓉镜迅速处决禹之谟。他在电令中说："兹据该州以该犯离籍尚近，深恐勾结为患，后祸亟难设想，自系实情。夫此等悖逆之徒……乃因其狡供不认，致令稽诛日久，殊为可恨。并饬小心防范，勿令内外勾结，致生他变。……如果事有危迫，电禀不及，准予当机立决"。臬司庄赓良也在给金蓉镜的电令中说："现在孙汶(文)蓄谋不轨，尤不可不严密防范。如果事有危迫，即行当机立断，不必电禀请示。"至于金蓉镜，从来没有碰到禹之谟这样坚强的"犯人"，他更巴不得早日了结此案，以免引起更大的麻烦。他多次援引《大清律例》，证实禹之谟罪不容诛。"惟（唯）禹犯罪恶之著，闯事之多，供证之确，按之定例，断无活法。且萌芽不绝，党羽生心；涓涓不塞，流成江河。……查例文，聚众一条，编在兵律。推原律意，盖聚众至四五十人，即兵事之见……证以例文全条，无不字字吻合。"因此，当他接到岑、庄电令后，制造谣言，夸大其危机情形："正禀办问，德国教士、四川

难民乘封印之际，同时并至，谣传四起，内外勾结，意图劫狱，事在危迫，不及电禀。"遂于1907年2月6日在靖州西门外，将禹之谟处以绞刑。

禹之谟在临行前，指着金蓉镜呵斥道："我要流血，为何绞之？辜负我满腔心事矣！"金蓉镜说："尔辈素讲流血，今日偏不把你流血，何如？"禹之谟笑道："好！好！免得赤血污坏。"并放声高呼，"禹之谟救中国而死，救四万万人而死"。遂被捕上绞架，壮烈捐躯。就义时，家人无一在场，由旅靖族人和李益轩等收殓。遵照禹之谟的遗嘱，就以身上原来穿的衣服，殓藏在一个用薄木板制成的临时棺材内，等着亲人前去收殓。春节刚过，长子禹夷苍奔赴靖州，将其遗体运回家乡。由其弟禹蔚亭制作了一具大棺材，把原来的临时薄板棺材连同遗体套装在里面埋葬在青树坪陇规毡祖山。

为了杀一儆百，压制群众的反抗情绪，金蓉镜张贴告示说："禹之谟……供认听纠入孙汶虚无党，月给百元，派在湖南为三等头目，纠集学堂学生，约齐十月内起事，未成被获等情不讳。……尊照抚宪批示，当机立决。已提该犯正法禀报。合行出示晓谕。为此示仰阁属军民人等知悉。尔等务安生业，毋得听其蛊惑，布散谣言，辄生妄想，致罹重咎。"

禹之谟的死，对于反动官绅来说是一件大为快意的事。他们对金蓉镜的果断行为，大加赞许。有的说："该州(指州牧金)因闯谣言劫狱，即能当即(机)立决，消弥隐患，胆识俱优，深堪嘉佩。"有的说："去此小丑，安逸人心，以后无知之徒，不敢借端生事，地方受福，奚止靖州已耶。"有的说："闻将禹之谟正法……台省诸君皆望而生畏，我公谈笑行之，湘省宴然无事，学堂风气因之丕变，彼自负镇静者，能无愧死耶？实为大快。"有的说："禹之谟惟公能戮，新界固不谓然，而大快于人心者，岂仅湘省而已。"有的说："吾哥诛一革命渠魁，声名雷动。友人淡及，弟亦为之动容。宜于中峰之破格升擢也。"但是，禹之谟被害之日，正是清政府所谓"预备"立宪之时，同盟会机关报《民报》曾发表时评说："湘乡禹之谟，以护

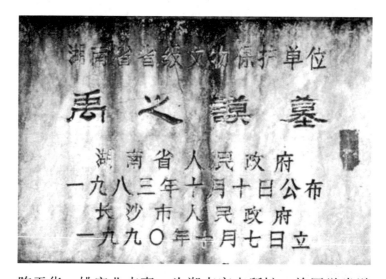

陈天华、姚宏业丧事，为湖南官吏所嫉；旋因学堂滋事，罗织成狱，定监禁十年，幽于靖州。海内外皆为不平。未几，萍、醴革命军起，清政府指禹为祸首，遂杀之。夫禹为党魁与否既无实证，即使证据确实，而长系囹圄之人，岂能号召徒党，指挥军事？从来治国事犯者，但问其一身所为之事，而他日之徒党复起，非所问也。清政府既以十年监禁处禹，复以茫无影响之事而被之以死刑，是前之判断为不足据，而凡在狱中者皆可以他事增成其罪矣！以此区区之法律尚不能守，况望其能行宪政乎？彼政府前已改定律例，凌迟改斩，斩改为绞；乃今之犯死刑者，皆断头如故。既言鞫狱不用刑讯，小罪不加笞杖而今之三木囊头，鞭箠乱下，亦复如故。然则新定法律不过具文，以此知他日之宪法，亦如是而已矣。世之希望立宪者，当如何辩护之?"

清政府地方当局疯狂地杀害了一位不屈不挠的革命家，不啻戳穿了自己以立宪之名，集专制之实的假面具，更加坚定了革命党人为推翻封建专制，建立民主共和国的斗争意志。

禹之谟被害后5年，武昌起义爆发，接着各省纷起光复，清帝被迫退位，中华民国临时政府宣告成立，"黄兴呈请临时大总统赠之谟陆军左将军，恤其遗族，并予公葬岳麓山"，以示永远纪念。孙中山先生也指出："寻而萍、醴之师败，而禹之谟、刘道一、宁调元、胡瑛等竟被清吏拿获，或囚或杀者多人。此为革命同盟会第一次流血也。"

1912年10月，湖南都督府派委禹之迹(即禹蔚亭，当时供职湖南都督府)回到青树坪家乡，启运禹之谟灵柩赴长沙。30日，在祖山启灵发引至青树坪，31日在青树坪举行盛大追悼会。11月1日运至永丰(现双峰县属)下船，船经湘乡时，县城人民即开会吊祭，14日到达长沙，起岸停灵烈士祠。

同年11月15日，长沙各界及湘乡各公团人士数千人在烈士祠举行公葬移灵大会。首先由湖南都督谭延闿致祭，继由惟一学校校友盛梽等致祭。他的好友陈荆、仇鳌、陈松藤、张通焕等制作挽联 508 副，以示悼念之心。

正在祭悼之际，黄兴由外地归来，匆匆赶到追悼会场，向禹之谟灵柩行了三鞠躬礼。追悼会后，接着发引，灵车向岳麓山进发，黄兴执绋前导。因黄兴当时是临时赶来参加悼念，所以没有来得及撰写挽联或祭文，只于后来特制了一批银质纪念章分赠禹之谟的遗族。纪念章的正中交叉刊着当时的国旗和陆军旗，上方横书"就义成仁"四字。岳麓山禹之谟墓于 1912 年 11 月 27 日正式建成，供后人凭吊瞻仰。

禹之谟是近代中国人民反帝反封建斗争中的一位优秀人物，是辛亥革命前期一位杰出的革命实干家。为了挽救中华民族的危亡，他寻求真理，发展实业，培育人才，不畏艰辛，奋斗终身；为了推翻帝国主义的清政府，他慷慨捐躯，甘洒热血，以唤醒民众。他不屈不挠的革命精神，不仅鼓舞着当时革命党人和广大群众同帝国主义和清政府做斗争，也激励了后来新民主主义革命时期的无数革命者。

师生们为禹之谟扫墓

生可死耳　我志长存

——献身民主的禹之谟

中华魂·百部爱国故事丛书
提　要

《誓与禁烟相始终——民族英雄林则徐》

林则徐严禁鸦片，坚决抵抗西方列强的侵略，坚持维护国家主权和民族利益。他是中国近代历史上第一位睁眼看世界的人，是抗击帝国主义殖民侵略的第一人，是中华民族抵御外侮过程中伟大的民族英雄。

《血洒虎门御敌寇——抗英将军关天培》

民族英雄关天培，在第一次鸦片战争中为了抗击英国侵略者的入侵而血洒虎门，为国捐躯，谱写了一曲可歌可泣的英雄赞歌。关天培用他的生命，书写了中国人民反抗外侮的历史。

《威震镇海靖节魂——抗敌英雄裕谦》

在第一次鸦片战争期间的众多牺牲者中，有一位官阶最高，他就是两江总督裕谦。裕谦与外国侵略者斗争立场坚定，与国内妥协派、投降派斗争态度坚决。裕谦督战镇海，与英国侵略军浴血奋战，临危不惧，以身报国，浩气长存。

《斩邪留正解民悬——太平天国领袖洪秀全》

农民出身的洪秀全，从失意文人到起义领袖，经历了长期的思想演变过程，在外敌入侵、清朝政府腐朽的历史环境之下，顺应时代的潮流，成长为一位非凡的历史英雄人物，建立了与清朝政府相抗衡的农民政权——太平天国。

《仰承汉唐　荟萃中外——近代数学家李善兰》

李善兰是我国19世纪重要的科学家之一，在数学、天文学、力学等方面都有重大建树。他继承了我国古代数学的成就，又以极大的热情传播西方科学文化，"仰承汉唐，荟萃中外"，把自己的一生献给了科学事业。

《严谨治学　勇于探索——近代著名数学家华蘅芳》

华蘅芳，中国近代数学家之一。其精通中国古算学，并熟练掌握西方近代数学，是中国验证抛物线并著书立说的参与者。为了证明"外国有的，中国也能造"而鞠躬尽瘁，在引进西方科学技术、传播科学知识上贡献卓著。

《折冲樽俎护山河——近代著名外交家曾纪泽》

曾纪泽是中国近代史上著名的爱国外交家，在中俄伊犁交涉事件中，他秉承抵抗列强、保卫国家的坚定意志，利用外交手段全力同沙俄抗争，捍卫了国家主权、民族尊严，收回了祖国的领土，在近代中国外交史上留下了光辉的一页。

《甲午海战留英名——民族英雄邓世昌》

邓世昌，北洋水师名将。本书以邓世昌的成长过程为线索，以代表性的历史故事为主要内容，还原真实的历史事件，突出鲜明的人物性格。邓世昌因在中日甲午海战中突出的英雄气概而名垂史册，书写了伟大的爱国主义篇章。

《誓与舰队共存亡——北洋水师提督丁汝昌》

丁汝昌处在清朝政府的腐朽和李鸿章的专断下，难以施展爱国的抱负，壮志未酬，愤恨而终。但丁汝昌为建立近代海军作出的巨大贡献，带领北洋舰队爱国官兵勇抗强敌的英雄事迹，将永远为后代所传颂。

《镇南关上凯歌扬——抗法老英雄冯子材》

1885年中法战争中，年逾古稀的冯子材为抵御外国侵略，勇赴国

生可死耳　我志长存

难，大败法军于镇南关，并乘胜追击，接连收复文渊、谅山等地，从根本上扭转了中法战争的局面，成为近代民族英雄的杰出代表。

《屡败法军逞英豪——黑旗军将领刘永福》

刘永福是黑旗军的创建者，是农民出身的杰出军事家、政治活动家。在19世纪发生的援越抗法、中法战争中，他率部与帝国主义侵略者进行了殊死的战斗，建立了卓越的功勋，成为我国近代史上著名的民族英雄，为后世所景仰。

《矢志变法强国家——戊戌变法领袖康有为》

康有为是清末民初最有影响力的思想家之一。他领导了中国知识界的启蒙运动，掀起了一场自上而下的政体改革。他最早在中国提出了立宪政体和具体的宪政方案，主张在坚持儒家传统和帝制的前提下，学习西方经验，他的进步思想对近代中国具有深远的影响。

《开民智以报国 普新知而图强——戊戌变法思想家梁启超》

梁启超，中国近代史上著名的政治活动家、启蒙思想家、史学家、文学家，戊戌变法领袖之一。本书以百日维新思想家梁启超的成长过程为线索，以代表性的历史故事为主要内容，还原真实的历史事件，突出鲜明的人物性格。

《我自横刀向天笑——维新志士谭嗣同》

谭嗣同在民族危机的严重时刻，投身改革救中国的洪流。为了带给祖国一个光明的未来，紧要关头，他挺身而出，用自己的鲜血激励后人，把宝贵的生命献给了变法事业。

《睡乡敢遣警世钟——用生命警策国人的陈天华》

陈天华是民主革命的活动家和宣传家。他写的《猛回头》《警世钟》等书，起到了革命启蒙的重大作用。为了激发留日学生的爱国情怀，他不惜投海自杀，演出了近代史上感人至深的一幕，给后人留下了难忘的印象。

《革命军中马前卒——民主斗士邹容》

革命乃"至尊极高，独一无二，伟大绝伦之一目的"；它是"天演之公例，世界之公理，顺乎天而应乎人"的伟大行动。因此，必须"仗义群兴革命军"。他激情高呼："革命独子万岁！中华共和国万岁！"这就是《革命军》的作者，中国近代著名资产阶级革命宣传家邹容。

《休言女子非英物——鉴湖女侠秋瑾》

为民族解放和妇女解放而英勇斗争的秋瑾，冲破封建礼教的思想牢笼，打碎封建精神枷锁，崇仰真理，追求光明，主张共和，坚持男女平等，最终献出了自己年轻的生命。

《血溅校场　杀身成仁——民主斗士徐锡麟》

本书讲述了反清志士徐锡麟弃文从武、投身反清革命事业，最终被清政府杀害的故事。出于对国家的热爱，徐锡麟献出自己的生命，他的事迹将永远激励后人深切缅怀这位民主革命的先驱。

《生可死耳　我志长存——献身民主的禹之谟》

禹之谟，民主革命党人，同盟会会员，近代资产阶级革命家、实业家。1886年，20岁的禹之谟"提三尺剑，挟一卷书"游历四方，研究西方社会政治学说，忧国忧民之心日趋强烈。戊戌变法失败，他丢掉改良幻想，倡革命救亡之说，走上民主革命道路。

《物竞天择　适者生存——资产阶级启蒙思想家严复》

严复是中国近代著名的启蒙思想家、翻译家和教育家。他长期从事教育和翻译事业，为近代中国人才培养和思想启蒙做出了重要贡献，同时他也为中国的翻译事业和中西思想文化交流做出了重要贡献。

《辛亥革命急先锋——资产阶级革命家黄兴》

黄兴，清末民初资产阶级革命家，中华民国开国元勋。黄兴在武昌首义及辛亥革命时期的爱国表现，与孙中山闻名于当时，常被时人以"孙黄"并称。本书以资产阶级革命活动实干家黄兴的成长过程为线索，歌颂了先辈伟大的爱国主义精神。

《矢志革命　百折不回——近代民主革命家廖仲恺》

廖仲恺追随孙中山踏上了创立民国与捍卫共和制的旧民主主义革命

之路；在新民主主义革命时期，他为建立、巩固首次国共合作和实施三大政策，英勇奋斗，为国殉职，洒尽了一腔热血。

《将军拔剑南天起——护国英雄蔡锷》

蔡锷是中国近代史上的杰出军事家、爱国者。他的一生短暂而伟大。辛亥革命爆发，他毅然投身于革命洪流之中，领导云南重九起义，对武昌起义积极响应。袁世凯窃国复辟、恢复帝制的阴谋暴露出来以后，他又毅然举起了武装讨袁的旗帜。

《反帝反封建运动——五四青年的爱国故事》

五四运动是一次伟大的反帝反封建的爱国运动；是一个伟大的历史转折点；是中国人民的斗争从挫折走向胜利的一个关节点，它为中国的前进开辟了一条全新的道路，拉开了中国新民主主义革命的序幕。

《思想自由　兼容并包——著名教育家蔡元培》

蔡元培是中国近现代著名的民主革命家和教育家，一生经历风雨，却始终信守爱国和民主的政治理念，致力于废除封建主义的教育制度，奠定了我国新式教育制度的基础，为我国教育、文化、科学事业的发展做出了富有开创性的贡献。

《为国家争光　为民族争气——中国铁路之父詹天佑》

詹天佑是我国最早的杰出铁道工程师，因主持建造京张铁路而闻名中外，被誉为"中国铁路之父"。他为祖国的铁路事业贡献了毕生的精力。本书向读者展示了詹天佑热爱祖国、科技兴国的辉煌人生。

《实业救国　衣被天下——轻工之父张謇》

张謇是爱国实业家、教育家。他年轻时中过状元。过了40岁，开始投身工商实业活动中，他的名言是"富民强国之本在于工"。在南通，创办大生丝厂、银行等各种实业。并将创办实业的大部分所得投入教育。他的观点是，教育和实业一样，也是"富强之大本"。

《心向革命　追求光明——平民将军冯玉祥》

冯玉祥将军"是一位从旧军人转变而成的坚定的民主主义战士"。

抗日战争期间，他辗转各地，用实际行动积极抗战。日本战败投降后，他为了断绝美国的援蒋内战，又在美国四处演说，揭露蒋介石统治之黑暗，痛斥美国阴谋分裂中国的不良行为。

《刑场上的婚礼——革命烈士周文雍　陈铁军》

周文雍是广州起义的主要领导人之一。陈铁军出身于华侨商人家庭，却毅然投身革命洪流。1928年1月，两人接受派遣，回到广州假扮夫妻从事革命斗争，却不幸被捕。临刑前，两位烈士将敌人的枪声当作自己婚礼的礼炮，用生命和爱情谱写出一曲千古绝唱。

《星星之火　可以燎原——井冈山斗争的故事》

1927—1929年，毛泽东、朱德等老一辈革命家，在井冈山创建了农村革命根据地，进行了艰苦卓绝的斗争，建立了新型革命武装，点燃了工农武装革命之火，找到了农村包围城市最后夺取政权的中国革命的正确道路。

《新民学会的主要发起人——中国共产党早期革命家蔡和森》

蔡和森青年时期曾与毛泽东等人一起组织进步团体新民学会，参加五四运动，并在赴法国勤工俭学时研读大量马克思主义著作，回国后以满腔热忱投身革命事业，成为中国共产党早期重要的理论家和宣传家。

《威震黄浦江畔　高奏抗日壮歌——一·二八淞沪抗战》

面对日本侵略者的挑衅，十九路军在蒋光鼐、蔡廷锴的带领下，高举义旗，奋力一搏。一·二八淞沪抗战，是中国军人捍卫军人荣誉和祖国尊严所发出的吼声，谱写了一曲抗击日军侵略的英雄壮歌。

《将军恨不抗日死——慷慨就义的吉鸿昌》

在国难深重的20世纪30年代，吉鸿昌将军因拒绝执行国民党指示，坚决不打内战，被迫携眷出国"考察"。回国后，他加入中国共产党，组织了民众抗日同盟军，英勇打击日本侵略者，后于1934年11月被国民党反动派杀害。

生可死耳　我志长存

《献身革命 甘于清贫——梅岭忠魂方志敏》

大革命失败后，方志敏凭着"两条半步枪"起家，身经百战，创建了赣东北革命根据地和红十军。本书真实记录了方志敏投身于革命、领导红军和敌人进行艰苦卓绝斗争的经历，歌颂了烈士贫贱不移、威武不屈、献身革命的高尚品质。

《奏响中华最强音——人民音乐家聂耳》

聂耳在他有限的生命中创作了数十首革命歌曲，在抗日救亡运动中，聂耳的这些歌曲产生了广泛深远的影响。他的音乐创作为中国无产阶级革命音乐的发展指明了方向，树立了榜样。

《横眉冷对千夫指——中国文化革命主将鲁迅》

鲁迅不但是伟大的文学家，而且是伟大的思想家和伟大的革命家。在那风雨如晦的黑暗年代里，他以笔为投枪，同一切帝国主义和反动派进行了顽强的战斗，为中国人民树立了一个不朽的丰碑。他是新文化战线上的一面光辉旗帜，是我们伟大民族的灵魂。

《铁流两万五千里——红军长征的故事》

红军长征是人类历史上的一次伟大的壮举。第五次反"围剿"失败后，中国工农红军的三大主力在极端艰难的条件下，突破国民党军队的围追堵截，进行了史无前例的战略大转移，总行程达两万五千里以上。途中发生了许多动人故事，至今令人难以忘怀。

《荣辱不移革命志——创建陕北红军的刘志丹》

刘志丹是杰出的无产阶级革命家、军事家，西北红军和西北革命根据地的主要创始人之一。他一生热爱人民，追求真理，英勇善战，百折不挠，艰苦奋斗，忠心赤胆，为创建红军和革命根据地、为中国人民的解放事业建立了不可磨灭的功勋。

《英名永存北平城——爱国将领佟麟阁 赵登禹》

1937年7月28日，日军向北平郊区发动进攻。第二十九军副军长佟麟阁奉命在南苑率部与日军苦战，腿部受伤，头部被敌机炸伤，壮烈殉国。第一三二师师长赵登禹指挥部队顽强抵抗日军，右臂中弹负伤，仍继续作战。后在转移途中遭日军截击而牺牲。

《八百壮士　四行仓库铸军魂——谢晋元和他的战友们》

八一三抗战，中国军人以血肉之躯揭开全面抗战的帷幕。这是一场血战，是中国军人不屈不挠的英雄诗篇，其中的八百壮士守四行，成为这首英雄颂歌中最动人、最凄美的音符。一曲四行保卫战，铸就了不屈的军魂。

《八女投江　气贯长虹——八位抗联女战士》

抗日战争时期，以冷云为首的东北抗日联军8名女战士，为捍卫民族尊严，面对凶残的日寇，镇定自若，宁死不屈，投江殉国，表现了中华民族同敌人血战到底的英雄气概。她们的光辉形象，激励着千千万万的后来人。

《艰苦抗战　威震敌胆——著名抗日英雄杨靖宇》

杨靖宇将军是我国著名的抗日民族英雄。曾先后担任磐石游击队政治委员、东北抗日联军第一军军长兼政委、抗日联军总司令等职。领导军民对日寇坚持了长达9个年头的艰苦卓绝的斗争，最终以身殉国。

《死也不当亡国奴——镜泊抗日英雄陈翰章》

陈翰章，从1932年8月投笔从戎，直到1940年12月8日为抗击日本侵略者，战死在镜泊湖畔。他在抗日疆场上奋战了九年，他那可歌可泣的英雄事迹将为人们永世传颂。

《名将殉国　气壮山河——抗日将军张自忠》

著名抗日将领、民族英雄张自忠，生于忧患的时代，抱有"宁为百夫长，胜作一书生"的志向，经历过失败与低谷，最终成就了慷慨人生。本书主要以人物活动为主，勾画出一个真正的"民族魂"鲜活的人生，会带给读者振奋的力量。

《宁死不辱战士名——狼牙山五壮士》

1941年日寇在河北易县"扫荡"。为掩护群众和主力部队撤退，五

生可死耳　我志长存

——献身民主的禹之谟

位八路军战士毅然把敌人引上了狼牙山棋盘坨峰顶绝路。弹尽粮绝、无路可退，五位英雄纵身跳下了万丈悬崖，用生命和鲜血谱写出一曲惊天地泣鬼神的壮举。

《太行浩气传千古——抗日名将左权》

左权，中国工农红军和八路军高级指挥员，著名军事家。是八路军在抗日战场上牺牲的最高指挥员。名将阵亡，太行山为之垂首，全党为之悲痛。周恩来称他"足以为党之模范"，朱德赞誉他是"中国军事界不可多得的人才"。

《虎将兴关外 抗倭统雄师——抗联英雄赵尚志》

本书描写了久经考验的共产党员、东北抗联的创建者和主要领导人赵尚志，在艰苦卓绝的条件下，坚持抗战，威震敌胆，战功卓著，忍辱负重，忠贞不屈，为国捐躯的英雄故事，为青少年读者呈上一部爱国主义的佳作。

《黄埔之英 民族之雄——抗日名将戴安澜》

抗日名将戴安澜，先后参加保定、漕河、台儿庄、武汉、昆仑关等战役，作战英勇，屡建奇功；入缅作战，"扬威国外，藉伸正义"；守东瓜，复棠吉；殒身缅北，遗恨丛林，马革裹尸，成就了光辉的一生。

《爱国志士 民主先锋——新闻出版家邹韬奋》

本书讲述了邹韬奋献身新闻出版事业的奋斗历程，展现了一位新闻工作者坚定的革命信念和炽热的爱国主义精神，全心全意为人民服务、为读者服务的奉献精神，歌颂了他的高尚情操和优良品质。

《为抗战发出怒吼——人民音乐家冼星海》

人民音乐家冼星海，青年时期在巴黎求学，饱尝屈辱与磨难；学成后毅然回到多灾多难的祖国，用满腔热忱谱写激昂的音乐，鼓舞中华儿女的斗志；奔赴延安，谱写出不朽的名作《黄河大合唱》，发出中华民族抗日救亡的怒吼。

《全民皆兵　抗击日寇——抗日战争的故事》

中国人民进行的十四年抗战，是一百多年来中国人民反对外敌入侵第一次取得完全胜利的民族解放战争。这场战争是以国共两党合作为基础，有社会各界、各族人民、各民主党派、抗日团体、社会各阶层爱国人士和海外侨胞广泛参加的全民族抗战。

《捧着一颗心来　不带半根草去——人民教育家陶行知》

陶行知是我国现代教育史上伟大的人民教育家、教育思想家。他从青年起就立志献身教育事业，以"捧着一颗心来，不带半根草去"的赤子之心，为人民的教育事业鞠躬尽瘁。

《为民主与和平拍案而起——民主斗士闻一多》

闻一多早年与梁实秋等人发起成立清华文学社。赴美留学期间由对祖国的深深眷恋而创作著名的《七子之歌》。后在西南联大任教8年，积极投身于抗日运动和争取民主的斗争，发表了著名的《最后一次讲演》。

《铁窗难锁钢铁心——革命先烈王若飞》

王若飞是我党早期杰出的无产阶级革命家。在艰苦卓绝的斗争中，他出生入死，屡建奇功，以超人的睿智和胆略，在敌人的监狱中，同敌人展开了殊死的较量，为抗战的胜利和新中国的诞生做出了卓越的贡献。

《横扫千军　还我河山——抗联名将李兆麟》

李兆麟是东北抗日联军创建人之一，他率领抗日联军历尽千难万险与日本侵略者浴血奋战，在极其艰苦的条件下，保存了抗日联军的有生力量，为东北光复做出了重大贡献。

《锄头开出新天地——解放区大生产运动》

为了解决困难，渡过难关，党中央号召党政军民齐动手，开展大生产运动。中国共产党在其控制区域内发动的一场军队屯田和鼓励生产的群众运动，达到了自己动手丰衣足食，共度难关，既进行革命又进行生产自足的目的。

生可死耳　我志长存

——献身民主的禹之谟

《生的伟大 死的光荣——女英雄刘胡兰》

刘胡兰，坚贞不屈的少年女英雄。生前对我国劳动人民的解放事业无限忠诚，在敌人威胁面前，大义凛然，毫无惧色，英勇牺牲，表现了共产党员的高贵品质。

《饿死不领美国救济粮——爱国知识分子的楷模朱自清》

朱自清作为爱国知识分子的典型，以锐利的笔锋直言痛斥反动政府的暴行，体现了他崇高的爱国情怀和不畏恶势力的精神品格。毛泽东曾给朱自清先生以高度评价："一身重病，宁可饿死，不领美国的'救济粮'"，"表现了我们民族的英雄气概"。

《为了新中国前进——舍身炸碉堡的董存瑞》

伟大的英雄，中国人民的儿子董存瑞，从儿童团长成长为一名光荣的解放军战士，在1948年解放隆化县城时，舍身炸碉堡，为新中国献出了自己年轻的生命。他的英雄形象永远留在人民心里。

《宁死不屈的共产党员——革命烈士江竹筠》

江竹筠，就是著名的江姐。1947年春，她负责《挺进报》工作，只几个月的时间，报纸就发行到1600多份，引起了敌人的极大恐慌。由于叛徒出卖，江姐不幸被捕，惨遭毒刑的残酷折磨，仍坚贞不屈。最后被特务秘密枪杀，年仅29岁。

《抗美援朝 保家卫国——志愿军的战斗故事》

抗美援朝战争是中国人民志愿军为援助朝鲜人民、保卫祖国安全，与美国为首的"联合国军"发生的战争。在朝鲜牺牲的志愿军烈士们，他们英勇的战斗事迹、保家卫国的精神值得我们发扬光大。

《上甘岭上壮烈歌——黄继光和他的战友们》

在1952年10月的上甘岭战役中，黄继光和他的战友们在零号阵地半山腰被敌机枪火力点压制，此时，黄继光身上已经多处负伤，手雷也已全部用光。为了完成任务，减少战友的伤亡，他用自己的胸膛堵住正在扫射的敌机枪射孔，为反击部队扫清了前进的道路。

《诗书印画　全入神品——国画大师齐白石》

齐白石出身贫寒，做过农活，当过木匠，后改学雕花木工，从民间画工入手，摹古人真迹，学诗文书法，融汇古今，而诗、书、印、画俱佳；他将中国画的精神与时代的精神统一得完美无瑕，使中国画得到国际的重视，无愧于"国画大师"的称号。

《毕生为文化而奋斗——中国第一出版家张元济》

张元济参与、主持和督导商务印书馆近六十年，使其从简单的印刷企业转变为当时中国教育出版的旗帜。张元济一生爱书，在中华大地动荡不安的年代里，他用自己对文化的热爱，续存着中华民族灿烂悠久的文明之光。

《独树一帜　梨园大师——著名京剧表演艺术家梅兰芳》

梅兰芳，京剧大师，演唱风格独树一帜，世称"梅派"。曾先后赴日本、美国、苏联演出，并荣获美国波摩那学院和南加州大学的荣誉文学博士学位。作为一位爱国者，抗战期间蓄须明志，拒绝为日本人演出，为后世称颂。

《华侨旗帜　民族光辉——爱国侨领陈嘉庚》

陈嘉庚是著名的爱国华侨领袖、企业家、教育家、慈善家、社会活动家。他为辛亥革命、民族教育、抗日战争、解放战争、新中国的建设做出了卓越的贡献。生前被毛泽东誉为"华侨旗帜、民族光辉"。

《向雷锋同志学习——伟大的共产主义战士雷锋》

雷锋，一个平凡而伟大的共产主义战士，一心向着党，一生秉承着全心全意为人民服务、无私奉献的崇高思想；发扬刻苦学习和钻研理论的"钉子"精神；坚持勤俭节约、艰苦奋斗的优良作风。毛泽东为其题词："向雷锋同志学习。"

《人民的好公仆——县委书记的好榜样焦裕禄》

焦裕禄，被誉为县委书记的好榜样。他用自己的革命精神，展开了与大自然、与社会落后现象、与病魔的多重抗争，让我们领略到一个共产党人的生之伟大、死之壮美的人格品质和具有现实教育意义的精神魅力。

《文学巨匠 京味大师——人民作家老舍》

老舍是我国现代小说家、文学家、戏剧家。他用融入骨髓的真诚文字反映生活的喜怒哀乐。老舍的一生，总是在忘我地工作，他是文艺界当之无愧的"劳动模范"，生前被北京市人民政府授予"人民艺术家"的称号。

《革命老人——无产阶级教育家徐特立》

徐特立是一代伟人毛泽东的老师。他出生在贫苦家庭，大部分时间生活在动荡艰苦的年代；他刻苦勤奋，不畏艰辛，追求光明，一生勤俭，为革命培养了大量的人才；他对党和人民任劳任怨，鞠躬尽瘁。他坎坷奋斗的一生，留下了许多可歌可泣的故事。

《人生能有几回搏——新中国第一个世界冠军容国团》

容国团先后担任中国乒乓球队运动员、女队主教练。获得1959年男子单打世界冠军；1961年夺得男子团体世界冠军；作为中国女队主教练，1965年率女队第一次夺得女子团体世界冠军。他的"人生能有几回搏"的豪言，举国传诵。

《石油工人一声吼 地球也要抖三抖——铁人王进喜》

王进喜，新中国第一批石油钻探工人。他为祖国石油工业的发展和社会主义建设立下了不朽的功勋，在创造了巨大物质财富的同时，还给我们留下了宝贵的精神财富——铁人精神。他被评为"百年中国十大人物"，写入中华民族的光辉史册。

《做人民需要我做的事——著名地质学家李四光》

李四光是一位伟大的科学家，他一生从事地质学研究工作，足迹遍布祖国的山川，为祖国探明了许多地下宝藏；他创建了崭新的学说——地质力学；他历尽重重困难，为正确认识地质构造开辟了一条新路。

《中国化学工业的先驱——著名化学家侯德榜》

为摆脱纯碱需要进口的窘况，20世纪初，怀着"实业救国"梦想的中国化工先驱侯德榜等人创办了永利碱厂，并立志生产出中国人自己的碱。1926年，永利碱厂终于成功地生产出"红三角"牌纯碱，从此中国制碱业得以跨入世界先进行列。

《毕生求是　一丝不苟——著名科学家竺可桢》

著名科学家竺可桢献身科学研究；治学严谨，一丝不苟；一生廉洁，两袖清风；作风民主，爱护学生。他以爱国之心、报国之志，从一个民主主义者逐渐成长为一个共产主义战士。

《热爱自然的大地之子——著名植物学家蔡希陶》

蔡希陶，五十载风雨，五十载坎坷，五十载奋斗，五十载开拓，为了发现对人类生产、生活有用的植物及新物种的引进而做出巨大贡献，在中国的植物资源学史上将永远镌刻着他的名字。

《高洁无私的襟怀——知识分子的楷模蒋筑英》

蒋筑英是中国当代知识分子的先锋典范，他不为名，不为利，尊重科学；他以坚忍的毅力和顽强的作风，在科学的道路上呕心沥血，鞠躬尽瘁，无私地奉献了青春和生命。

《迎接新生命的天使——卓越的妇产科专家林巧稚》

林巧稚是国内外享有盛誉的妇产科专家。在五十多年的医学教育和临床实践中，林巧稚亲自接生了五万多婴儿，治愈了数千病人，培养了数以百计的专门人才，为我国的妇女儿童事业做出了不可磨灭的贡献。

《独自成千古　悠然寄一丘——国画大师张大千》

张大千是20世纪中国画坛最具传奇色彩的国画大师，无论是绘画、书法、篆刻、诗词无所不通。在艺术界深得敬仰和追捧，艺术家们用真挚的感情，用绘画和雕塑展现了"张大千"多彩的艺术形象。

——献身民主的禹之谟

生可死耳　我志长存

《建造中国的通天塔——著名数学家华罗庚》

中国当代著名数学家华罗庚，为中国数学的发展做出了无与伦比的贡献，他是中国解析数论、典型群、矩阵几何等多方面研究的创始人与开拓者，也是我国最早将数学理论研究与生产实践紧密结合的科学家。

《问鼎长天　强我国威——两弹元勋邓稼先》

邓稼先是我国著名科学家，参加组织和领导我国核武器的研究、设计工作，从对原子弹、氢弹原理的突破和试验成功及其武器化，到新的核武器的重大原理突破和研制试验，作出了重大贡献。是我国核武器理论研究工作的奠基者之一，被誉为"两弹元勋"。

《敢叫天堑变通途——桥梁专家茅以升》

中国著名的桥梁专家茅以升从小立志为祖国建造桥梁，经过不懈努力，他不仅设计建造了一座座宏伟壮观、坚固实用的道路桥梁，而且搭建了一座座友谊之桥，为祖国建设作出了卓越贡献。

《蘑菇云之梦——核物理学家钱三强》

被誉为"中国原子弹之父"的核物理学家钱三强，更名后立志于科技报国；24岁投师于世界著名核物理学家居里夫妇；与夫人何泽慧合作，发现铀的"三分裂""四分裂"现象；统领我国的原子大军，做了大量创造性工作。

《两离桑梓地　满怀雪域情——领导干部的楷模孔繁森》

孔繁森，是一位一尘不染、两袖清风的好干部。两次进藏工作，历时十载，为西藏的建设、发展和稳定作出了突出的贡献。1994年11月，孔繁森不幸以身殉职。人民群众称他为新时期领导干部的楷模。

《摘取数学皇冠上的明珠——著名数学家陈景润》

陈景润是享誉世界的数学家，为了证明"哥德巴赫猜想"，他以惊人的毅力在数学领域里艰苦跋涉，终于攻克了世界著名数学难题"哥德巴赫猜想"中的"1＋2"，创造了中国乃至世界数学史上的辉煌。

《学术独步　饮誉四海——享有国际威望的科学家卢嘉锡》

卢嘉锡是一位在国际科学界享有崇高威望的物理化学家、化学教育家和科技组织领导者。1945年，卢嘉锡满怀"科学救国"的热忱回到祖国，对中国原子簇化学的发展起了重要推动作用，他所指导的新技术晶体材料科学研究，也取得了重大成绩。

《德艺双馨　梨园楷模——著名豫剧表演艺术家常香玉》

常香玉1941年赴陕甘演出。1948年在西安创办香玉剧社。1951年为支援抗美援朝，率剧社巡回西北、中南、华南各地演出，以演出收入捐献"香玉剧社号"战斗机一架，素有"爱国艺人"之誉。

《文学大师　激流勇进——著名作家巴金》

本书以巴金生平和主要事迹为线索，回顾和展示现代著名作家巴金的一生，以期让人们看到巴金在这风云变幻的100多年中，有过成功的欢欣，有过屈辱的磨难，有过痛苦的忏悔，有过平静的安宁。巴金的人生，映照着一代中国五四知识分子坎坷而不平凡的命运。

《壮心系科学　孜孜为国昌——理论化学家唐敖庆》

本书讲述了唐敖庆从出国求学、学业有成、回国任教，到服从安排、艰苦工作、刻苦钻研，最终成为中国量子化学奠基者的过程。让人们看到了这位著名化学家的赤心爱国、严谨治学、大公无私的崇高品格和科研上的卓越成就。

《中国导弹之父——著名科学家钱学森》

当第一颗原子弹升空的时候，当中国的人造卫星奏响《东方红》的时候，当中国运载火箭腾空而起的时候，当中国研制的导弹准确命中目标的时候，人们都会想起他的名字：中国导弹之父钱学森。

《中国近代力学的奠基人——著名科学家钱伟长》

钱伟长曾以中文和历史两个100分的成绩考入清华大学。九一八事变后，钱伟长毅然放弃了文科的学习而转为理科。他是中国近代力学、应用数学的奠基人之一，在固体力学、流体力学以及航空航天领域，取

得了卓越的成就，为新中国的现代化建设付出了毕生的精力。

《中国光学科学的奠基人——著名科学家王大珩》

　　王大珩是我国著名的科学家，中国光学科学的奠基人。他先在清华就读，后赴英国求学，学业有成，立志科学救国，其成就享誉神州。他以科学的求是精神和赤诚的爱国情怀，探索着中国光学发展的闪光之路。